Training Camp.
El libro de Twig

SERIE WIZENARD

TRAINING CAMP

El libro de Twig

CREADO POR
Kobe Bryant

ESCRITO POR
Wesley King

Traducción de Mónica Rubio

Rocaeditorial

Título original: *The Wizenard Series. Training Camp*

© 2019, Granity Studios, LLC
Creado por Kobe Bryant. Escrito por Wesley King.
Publicado en acuerdo con Granity Studios, LLC
a través de Sandra Bruna Agencia Literaria.

Primera edición: mayo de 2019

© de la traducción: 2019, Mónica Rubio
© de esta edición: 2019, Roca Editorial de Libros, S. L.
Av. Marquès de l'Argentera, 17, pral.
08003 Barcelona
actualidad@rocaeditorial.com
www.rocalibros.com

Impreso por Liberduplex
Sant Llorenç d'Hortons (Barcelona)

ISBN: 978-84-17771-14-0
Depósito legal: B-9101-2019
Código IBIC: YFC

RE71140

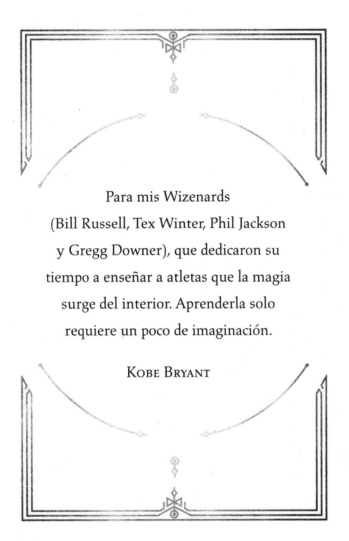

Para mis Wizenards
(Bill Russell, Tex Winter, Phil Jackson
y Gregg Downer), que dedicaron su
tiempo a enseñar a atletas que la magia
surge del interior. Aprenderla solo
requiere un poco de imaginación.

KOBE BRYANT

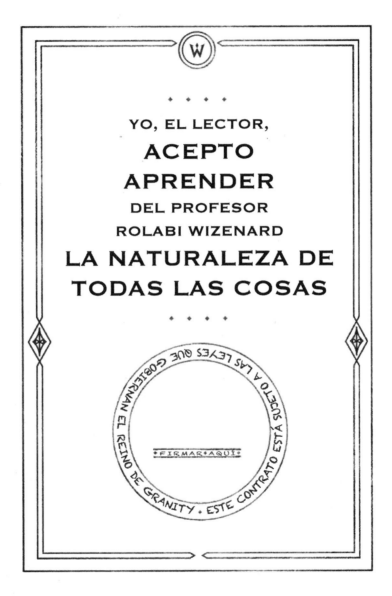

YO, EL LECTOR,

ACEPTO
APRENDER
DEL PROFESOR
ROLABI WIZENARD
LA NATURALEZA DE
TODAS LAS COSAS

FIRMAR·AQUÍ

QUE GOBIERNAN EL REINO DE GRANITY · ESTE CONTRATO ESTÁ SUJETO A LAS LEYES

EL RELOJ DE BOLSILLO

Una persona es igual que un árbol.
Sin unas raíces sólidas, no puede crecer.

❖ PROVERBIO ◈13◈ WIZENARD ❖

*A*lfie rodeó el picaporte de metal con los dedos, vaciló y se volvió para mirar a su padre.

Su coche ya se había ido. El aparcamiento estaba vacío, más allá de unas cuantas bolsas de plástico que rodaban como arbustos en el desierto. Suspiró, se giró de nuevo hacia las puertas y asintió para sí.

—Puedes hacerlo —dijo—. Entras ahí y lo petas.

Se frotó la frente.

—¿«Lo petas»? Pero ¿qué me pasa? Oh, ahora estoy hablando solo. Esto va de maravilla.

Inspiró profundamente, dando saltitos, dejando que sus brazos se balanceasen a sus costados.

—Deja de hablar solo, entra y haz lo que debes hacer. Eso sí: mejor que de costumbre.

Abrió una de las puertas oxidadas y se deslizó dentro como una sombra. El silencio en el interior del gimnasio era sepulcral, al menos hasta que la puerta se cerró de golpe tras él. Reggie alzó la vista desde el banquillo.

Reggie «siempre» era el primero en llegar al entrenamiento. Alfie no sabía mucho de él, aparte de que no tenía padres. Había oído que Reggie tardaba más de una hora en el autobús de la ciudad para llegar allí. Algunos de los chicos vivían cerca, como para llegar andando. Aun así, él siempre llegaba antes.

Intercambiaron un escueto saludo con la cabeza. Alfie se deslizó hasta el banquillo más alejado. Arrugó la nariz por el camino. Fairwood olía a vinagre malteado. El abuelo de Alfie solía empapar sus patatas fritas en aquel mejunje. A él le revolvía el estómago. Se dejó caer en el banquillo, que vaciló, pero aguantó.

—Hola, Twig —dijo Reggie.

Alfie trató de no suspirar. Hasta Reggie lo estaba llamando «Twig». No podía quitarse ese mote de encima. No creía que Reggie quisiera decir nada al llamárselo… Con mucho, era el más simpático del equipo. Reggie era desgarbado, pero no tan delgado como Alfie ni mucho menos, con brazos largos y manos grandes. Tenía la piel más oscura que la de Twig, y el pelo muy corto, casi afeitado. Una larga cicatriz blanca marcaba su barbilla.

—Buenos días, Reggie. ¿Cómo estás? ¿O cómo te va? O sea, ¿qué tal?

Alfie luchó con el deseo de suspirar. ¿Por qué no era capaz de mantener una conversación normal?

Reggie soltó una risa burlona.

—Bien. Listo para echar unos tiros. ¿Y tú?

—Sí —murmuró Alfie—. Impaciente.

Alfie sacó lentamente las zapatillas de su bolsa. Su padre se las había comprado para aquella temporada. Le cohibían un poco. Se abrochaban solas y estaban impecables; habían salido al mercado apenas hacía unas semanas. Echando un rápido vistazo para asegurarse de que Reggie estaba distraído, se las puso y apretó el pequeño botón del costado. Instantáneamente, se ajustaron a la perfección a sus pies.

—Vaya —dijo Reggie.

Alfie se ruborizó y metió los pies bajo el banquillo.

—Me las acaban de comprar —dijo torpemente.

Sabía que proceder del barrio más rico al norte del Bottom era un problema para algunos de los chicos del equipo. Había cuatro zonas en el Bottom: el sur industrial, que era sobre todo un descampado lleno de polvo y fábricas abandonadas; el este y el oeste, que eran pobres y estaban asolados por la violencia; y el norte, la zona residencial. Allí es donde vivía la familia de Alfie. Probablemente, el West Bottom era la peor zona.

Las zapatillas de Reggie estaban viejas y gastadas; parecía que había vuelto a pegar las suelas.

Reggie se inclinó hacia delante para mirar a Alfie.

—Cómo molan, tío. Este año vas a volar.

—Ya veremos —respondió Alfie, sonriendo forzadamente—. Las zapatillas no meten la pelota en la canasta.

—Bueno, esas te ayudarán —contestó Reggie—. Sabes que los chicos de Argen las tendrán.

—Sin duda —asintió Alfie—. ¿Has… entrenado mucho desde que terminó la temporada?

—Todos los días —respondió Reggie—. Puse un aro viejo delante de la casa. Bueno, una llanta. Ni tablero ni red. Bastante poco reglamentario. Pero sirve. Al menos eso pensaba. Ya veremos.

—Seguro que sí —dijo Twig. Hizo una pausa—. La cuestión… es que mejores, ¿no?

Reggie se rio.

—Sí. ¿Tú entrenas mucho? Debes de tener un buen equipamiento en tu barrio.

—Sí. Tengo un aro.

Quería encajar en el equipo desesperadamente, pero no podía quitarse de encima la etiqueta de ricachón que le pusieron el primer día. También había un equipo del North Bottom en la Elite Youth League, los Blues, pero Freddy había pensado para los Badgers grandes proyectos y su padre lo había apuntado allí. El problema era que nadie quería que estuviera allí. Y, para empeorar las cosas, había hecho una temporada horrible.

—¿Has estado mejorando tu juego? —preguntó Reggie.

—Desde luego —dijo Alfie—. Reversos y esas cosas. Y tratando de fortalecerme.

—¡Bien! Vas a ser un auténtico tiarrón este año.

Alfie miró hacia otro lado. Estaba lejos de ser un «tiarrón». Era más bien un pusilánime.

Las puertas delanteras se abrieron de par en par cuando entró Peño, con su hermano pequeño, Lab, arrastrándose sin ganas detrás, bostezando y frotándose los ojos llenos de legañas. Peño echó una mirada al gimnasio con una sonrisa torcida, incluso cerrando los ojos durante un segundo. Quizás estuviera disfrutando de los olores, por asquerosos que fueran. A Peño le encantaba el Centro Comunitario de Fairwood. Y le pirraba el baloncesto.

—Reggie —dijo Peño—. ¿Qué pasa, tío?

Alfie trató de encogerse en el otro banquillo. Con su metro noventa y cinco, era difícil, aunque pesara solo sesenta kilos después de una buena comida. Su cuerpo esbelto le había proporcionado aquel mote que tanto odiaba. Primero, Hombre Palo. Luego, solo Twig, Ramita. Sea como sea, significaba lo mismo. Delgaducho. Débil. Feo.

Peño se dejó caer en el banquillo y se volvió hacia él.

—Twig —dijo—. ¿Qué hay, colega?

—Hola, Peño. Digo… colega.

Alfie suspiró por dentro y siguió mirándose las manos.

«Puedo hacerlo —se dijo a sí mismo, tratando de

contener las náuseas, cada vez mayores—. Solo tengo que jugar.»

Por la mañana, su padre le había preparado cereales de salvado y tostadas. Ahora le pesaban en el estómago como si se hubieran convertido en cemento. Aún sentía el sabor de la mantequilla de cacahuete en la garganta. Se preguntaba si se le convertiría en guirlache con el calor. Miró su balón. Era uno de los pocos jugadores que tenía uno, y también era nuevo. ¿Pensarían que estaba pavoneándose si salía a tirar el primero? ¿Se daría cuenta alguien? ¿Debería limitarse a estar allí sentado y permanecer callado?

Las preguntas le daban vueltas en la cabeza. Sin embargo, cuando la puerta se volvió a abrir, enseguida las olvidó. John el Grande acababa de llegar, con Jerome detrás. Eso zanjaba la cuestión. Decidió hacerse más pequeño todavía.

—¡Qué pasa, tíos! —exclamó John el Grande, poniéndose la mano en la boca como si fuera una bocina.

Alfie se miró las zapatillas. «Por favor, sé más amable este año —pensó—. Por favor, sé más amable este año.»

John el Grande y Jerome intercambiaron saludos con el grupo: una mezcla de gritos y palmadas. Luego John el Grande se volvió hacia Alfie, frunciendo el ceño.

—Twig ha vuelto —dijo, incrédulo—. ¿No tuviste bastante con lo del año pasado o qué?

Alfie negó con la cabeza.

«Por favor, déjame en paz…, por favor, por favor, por favor», pensó.

Como de costumbre, su deseo no fue escuchado.

—Bueno, supongo que necesitamos a alguien en el banquillo —dijo John el Grande—. Dice Freddy que viene un chico nuevo a jugar cerca del poste. Este año dominaremos el juego interior…, menos en el caso de Twig. El fracaso del niño rico.

Alfie sintió que le ardían las mejillas. Era hijo único, pero jamás se había sentido más solo que en ese momento, en ese centro comunitario, rodeado de su propio equipo. Sabía que no lo querían allí. ¿Por qué iban a quererlo? Se le daba fatal el baloncesto. Era un cobarde. Era un inútil.

Las ideas volaron como si fueran anclas lanzadas desde su cabeza a los pies, clavándolo en el sitio.

A continuación, llegó Rain. Alfie lo miró con envidia. Todos querían a Rain. A él todo le resultaba sencillo: lanzaba con facilidad, disponía de un buen manejo de balón y tenía una gracia casi lánguida. Era la estrella indiscutible del equipo y la joya de Freddy. El balón «siempre» pasaba por las manos de Rain. La mayor parte del tiempo se suponía que Alfie tenía que ponerle un bloqueo directo o hacerle un bloqueo ciego en el poste, cuando no acudir al rebote posible de sus tiros. Alfie habría dado cualquier cosa por ser como él. Tener su vida, aunque solo fuera por un día.

—¿Tienes ya una rima para la temporada? —le preguntó Jerome a Peño.

John el Grande empezó a marcar un ritmo. Jerome botó el balón para añadir percusión.

Peño sonrió y empezó a rapear. Decía algo sobre lo desvencijado que estaba el gimnasio y un gancho al mentón de alguien. Terminó diciendo:

*Cuidado con los Badgers,
porque somos..., bueno...
¿Mad... gers?*

Hasta Twig sonrió al oír tal cosa. A Peño aún no se le había ocurrido la rima. Pero se encogió de hombros al oír las risas. Tenía la misma forma de andar que Rain, aunque carecía de su habilidad. Todos parecían compartir aquella seguridad en sí mismos, menos Alfie. Después de que Rain los saludase a todos, se volvió hacia el banquillo más alejado.

—Twig —dijo.

Alfie trató de no molestarse con el mote. Todos los del equipo seguían a Rain. Era evidente que a él le gustaba el apodo que se había inventado John el Grande. Llevaban ya un año llamándoselo, así que probablemente se iba a quedar con él. Alfie saludó con la mano y enseguida la bajó, sintiéndose ridículo.

—Eh, Rain, tío —dijo.

—Pareces el mismo de siempre.

Aquello le dolió. Recordó las semanas que había pasado trabajando duro y siguiendo dietas. Todo para nada. Alfie se rascó el brazo, aunque su padre le había dicho cien veces que no lo hiciera. Le había dicho que el gesto lo hacía parecer débil. Alfie intentó responder. Dudaba.

—He engordado kilo y medio —dijo al fin.

De inmediato, se arrepintió de sus palabras. Sonaban ridículas incluso en el momento en que estaba diciéndolas. Fue lo primero que se le había venido a la cabeza. El caso es que, para ser justos, había trabajado lo suyo para conseguirlo. Grandes comilonas, levantamiento de pesas, montones de aguacates, muchos carbohidratos. Alfie lo había intentado todo. Un kilo y medio era un avance, ¿no? Pero en ese momento le sonó tan... patético. Qué sorpresa.

John el Grande empezó a reírse.

—¿Kilo y medio? ¿En qué, en granos?

Alfie se miró las zapatillas, tratando de mantener las manos ocupadas en su regazo, para no rascarse más. Así que John el Grande se había dado cuenta de lo de su piel. Hombre, claro que se había dado cuenta. Los granos le cubrían prácticamente toda la cara. Hubiera querido arrancárselos todos..., aunque la idea le asqueaba hasta a él mismo.

—El chico dice que ha engordado kilo y medio. ¡Este tío me mata!

Alfie quería marcharse. Se iría a casa y no volvería nunca más.

—¡Kilo y medio! —dijo John el Grande—. ¡Yo engordé kilo y medio esta mañana!

Alfie se encogió aún más. No se iba a echar a llorar, se dijo a sí mismo. Los hombros se le cayeron hasta las rodillas. Pensó que Freddy le diría a su padre que había llorado en el entrenamiento. La vergüenza hizo que le ardieran aún más los ojos.

—Necesitas quince para que te sirvan de algo —siguió diciendo John el Grande—. Ni siquiera sé por qué has vuelto. ¿Cuánto le paga tu papá a Freddy para que te mantenga en el equipo, eh? El niño rico de las afueras… Ya sabemos cómo entraste en el equipo.

A Alfie empezaron a llenársele los ojos de lágrimas. Sabía que iba a tener problemas.

—Ahora se pone a llorar —soltó John el Grande.

Alfie corrió hasta el vestuario sin pensárselo. Las risas lo siguieron hasta allí.

La estancia estaba muy sucia, por lo que el equipo siempre se cambiaba en los banquillos. Encajados en la parte del fondo había dos retretes, uno de los cuales tenía un lavabo agrietado con un grifo que goteaba constantemente. Alfie se enfrentó al espejo, observando cómo las primeras lágrimas caían por sus marcadas mejillas. Puso las manos bajo el chorro tibio y se las pasó por el pelo. Le cayó el agua por la cara y se la limpió, dejando que sus dedos se detuvieran sobre las mejillas. Miró el grano más reciente. Grande, hinchado y justo sobre el pómulo, como un botón rojo.

Se lo empezó a quitar antes de darse cuenta. Vio cómo surgía una burbuja roja y rápidamente se limpió con un trozo de papel higiénico. Se le volvieron a llenar los ojos de lágrimas.

—Eres patético —le susurró al chico flacucho del espejo.

El chico le respondió lo mismo.

Alfie se quedó allí de pie, con las manos sobre el lavabo, mirándose a sí mismo.

«Al menos pasa el día de hoy», se dijo.

Salió arrastrando los pies y vio que la mayor parte del equipo estaba calentando, compartiendo uno o dos balones. Agarró el suyo y se fue solo al extremo más alejado de la cancha.

Poco después entraron en el gimnasio A-Wall y Vin. Por último, Freddy, con el chico nuevo. Se lo había mencionado a Alfie cuando lo llamó para hablarle del campamento de entrenamiento, pero Freddy no había dicho en qué posición jugaría aquel chico. Ahora estaba bastante claro.

Era alto y musculoso; ya tenía un cuerpo de hombre. Alfie lo miró con envidia. Sin duda, ocuparía su posición de cinco. Alfie no podía competir con alguien con aquel aspecto. Se dejó caer en el banquillo y miró hacia otro lado, olvidando el balón.

Qué decepcionado se sentiría su padre.

—¡Mis chicos! —gritó Freddy—. ¿Estáis todos? Venid, voy a presentaros a Devon.

Alfie se acercó, dejando que primero se reunieran todos y después uniéndose a ellos en el borde del círculo. Podía mirar por encima de las cabezas de los demás, así que no le importaba. Mientras observaba la presentación, se sintió confundido. Podía ver los dedos de los pies de Devon retorciéndose sobre el parqué, los ojos bajos, los hombros caídos. Alfie conocía aquellas señales. Pero ¿cómo podía ser «tímido» alguien tan fuerte? Parecía imposible. Aquel chico tenía todo lo que Twig deseaba. Básicamente, músculos.

Freddy le pasó un brazo por los hombros a Devon.

—No está aquí para leer poesía, chicos. Devon tiene potencial y es un gran defensor. Bueno, lo será después de estar con nosotros. Va a jugar bien con Twig.

Alfie trató de ocultar su sorpresa. ¿Pensaría Freddy mantenerlo en el quinteto titular, incluso después de su desastrosa primera temporada? «Papá se alegrará», pensó atontado. Si es que Alfie no perdía su lugar antes de que empezara la temporada.

—¿Dónde está ese nuevo entrenador? —preguntó Rain—. Rolobo…, o como dijeras que se llamaba.

En cuanto dijo aquello, las luces fluorescentes del techo empezaron a vacilar. Chisporrotearon, parpadearon y volvieron a la normalidad: un color gris pálido como el sol a través de nubes de tormenta. Alfie alzó la vista hacia ellas, haciendo un gesto de disgusto al ver la capa de polvo de dos centímetros que tenían encima.

Las puertas se abrieron de par en par. Él pegó un salto y casi se cae. El viento rugió en el interior.

—¡Tsunami de polvo! —gritó Peño—. ¡Corred!

Alfie guiñó los ojos ante el vendaval y entrevió una forma en el umbral. Era enorme, más grande incluso que el padre de Alfie. Debía de medir más de dos metros, ya que tuvo que inclinarse para entrar. Iba impecablemente vestido: un traje pulcro, maletín de cuero. De hecho, vestía como el abuelo de Alfie. Y era incluso un poco más alto. Sacó un reloj de bolsillo mientras se acercaba al equipo.

Sus ojos se fijaron un momento en Alfie, que sintió un curioso escalofrío en la nuca. El reloj de bolsillo parecía ser cada vez más sonoro, haciendo tictac muy lentamente. Alfie vio algo de refilón en el cristal. Un hombre alto con ojos acuosos. Frunció el ceño y la imagen se desvaneció.

El reloj de bolsillo volvió a su lugar en la chaqueta; solo la cadena permaneció visible.

—Oh —dijo Freddy con sorpresa—. Has llegado pronto...

—Llegar pronto o tarde es una cuestión de perspectiva —respondió él con calma.

Alfie lo miró con curiosidad. ¿Era un profesor universitario? ¿Y por qué iba vestido de ese modo? Ya hacía calor, tanto fuera como dentro del gimnasio. De hecho, el tiempo iba a ser cada vez más cálido. Pero Rolabi no estaba sudando ni parecía incómodo. Se quedó mirando fijamente al equipo con sus ojos verdes, como midiendo a cada uno de ellos, sondeándolos.

Cuando su mirada se posó sobre Alfie, él dio un paso atrás.

¿Cómo puede crecer un árbol cuando la tierra está envenenada?

Alfie se dio la vuelta. No había nadie detrás de él. Pero había oído una voz que venía de allí.

—¿Hola? —susurró.

Reggie, que estaba de pie cerca de Alfie, lo miró.

—Hola.

Alfie se obligó a sonreír, avergonzado. ¿Estaba perdiendo la cabeza?

Rolabi se despidió de Freddy. Cuando las puertas se cerraron, el silencio cayó sobre el gimnasio. Todos observaron a Rolabi. Su mirada pasó de un jugador a otro. Alfie se volvió instintivamente cuando cayó sobre él. Estaba más que nervioso. Nunca había oído un silencio tan profundo en Fairwood. Imaginó que era como flotar en el espacio.

Entonces, como si ya todos se hubieran presentado, Rolabi sacó un trozo de papel doblado de un bolsillo interior de la chaqueta, junto con una majestuosa pluma de oro.

—Necesito que todos firméis esto antes de que podamos seguir —dijo Rolabi.

Uno tras otro, todos firmaron el mismo contrato. Pareció reinar cierta confusión, pero Alfie no oyó de qué se trataba. Fue el último. Recogió la hoja que le tendía Reggie.

YO, Alfred *TWIG* ZETZ,

POR LA PRESENTE

ACCEDO A APRENDER

DEL PROFESOR

ROLABI WIZENARD

LA NATURALEZA DE TODAS LAS COSAS

FIRMAR AQUÍ

Alfie volvió a leerlo. Allí había algo que le resultaba familiar… algo que le martilleaba la mente… En particular, la palabra «Granity». ¿Dónde la había visto antes? No obstante, como sintió sobre sí las miradas de los otros, firmó, aunque aún trataba de averiguar de qué le sonaba aquella palabra.

Rolabi recogió el contrato, lo leyó cuidadosamente y asintió. Antes de que Alfie pudiera retroceder siquiera, el contrato desapareció con un acuoso *pop*, como una burbuja estallando.

—¿Qué…? ¿Dónde se…? ¿Cómo…? —murmuró Alfie.

El profesor abrió su maletín de médico y metió el brazo hasta el hombro. Alfie se quedó mirándolo desconcertado; la bolsa no medía más de treinta centímetros. Curiosamente, oyó cosas deslizándose, golpeándose, así como un gruñido, profundo y enfadado.

«Estoy perdiendo la cabeza de verdad», pensó.

¿Perdiendo qué? —preguntó la voz profunda.

Se dio cuenta de que se parecía mucho a la de Rolabi.

Entonces, sin previo aviso, Rolabi sacó una pelota de baloncesto y se la pasó a John el Grande. Chocó con las redondas mejillas de John el Grande. Alfie tuvo que morderse el labio para no reírse.

—Eso ha dolido —se quejó John el Grande.

Alfie pudo ver algo anaranjado y apenas consiguió atrapar el pase.

Entonces el gimnasio cambió. El equipo había desaparecido.

Estaba rodeado por una colección mareante de extraños espejos, como si lo hubieran transportado a una casa de espejos de feria. Algunos de los reflejos eran bajos, anchos y gordos; otros, tan altos y delgadísimos que Alfie pensó que podría deslizarse a través de las grietas del parqué. En uno, su rostro estaba completamente cubierto de acné, rojo y rabioso. Se pasó los dedos por la cara y vio que tenía las uñas largas, curvadas y afiladas. Le entró el pánico.

Alfie trató de huir buscando una salida y entonces se detuvo.

Había otro espejo. En él, sus hombros y sus brazos estaban formados por músculos, su rostro estaba limpio y el pelo era espeso y abundante, en lugar de colgar en sus habituales greñas grasientas. Las cicatrices habían desaparecido. El demacrado rostro de Alfie era hermoso e impasible. Avanzó hacia el reflejo, extendiendo la mano hacia aquel chico. Hacia aquel Alfie. Entonces se dio cuenta de que Rolabi estaba de pie entre los espejos, observándolo.

—Hmmm —dijo Rolabi—. Interesante. Esto será todo por hoy. Os veré aquí mañana.

Inmediatamente, los espejos fueron sustituidos por el equipo. Todos parecían incómodos. Rolabi caminaba hacia las puertas. Alfie apenas los vio. Se giró, buscando el espejo que le había devuelto la imagen de un Alfie mejor. El que su padre quería. El que quería el equipo. El que quería él mismo.

—¿A qué hora? —preguntó Peño.

Rolabi no contestó. Las puertas se abrieron y Peño corrió tras él.

—¿Nos quedamos los balones? —gritó Peño, abriendo las puertas—. ¿Qué...? ¿Profesor...?

Rolabi había desaparecido.

2
EL HOMBRE PALO

Los espectadores pueden aplaudir o silbar.
¿Acaso importa? En cualquier caso, la cancha permanece.

PROVERBIO ⟨44⟩ WIZENARD

𝒜 la mañana siguiente, Alfie miró fijamente las puertas dobles, preguntándose si conseguiría reunir los ánimos suficientes para entrar. Su padre no le había servido de nada. Le dijo que las mentes nerviosas pueden alucinar algunas veces. Lo único que tenía que hacer era «portarse como un hombre». Alfie no estaba seguro de que aquello fuera cierto, pero se lo guardó para sí. No cuestionaba a su padre… nunca. Sabía que, si lo hacía, le soltaría un sermón sobre respeto, o le caería un castigo, o, la mayor parte de las veces, tendría que aguantar una bronca a gritos.

Su madre tampoco le creía, aunque al menos le tocó la frente para ver si tenía fiebre. Casi esperaba tenerla para poder explicarse sus visiones, pero no hubo suerte. Su madre le recordó, como siempre, que podía dejar el baloncesto si quería. Dijo que no debería estar otra temporada en el equipo solo por complacer a su padre. Pero ella no lo comprendía. Alfie quería jugar al baloncesto.

Y por eso volvió aquel día, a pesar de las visiones, a pesar de los abusadores.

Alfie abrió las puertas y entró. Como de costumbre, el único que ya estaba allí era Reggie.

Eso suponía un alivio, al menos temporal. Alfie no le había contado a sus padres que se metían con él. Su madre habría dicho que tendría que hablar con la madre de John el Grande. Su padre habría dicho que a los hombres de verdad no les afectan las palabras. «Endurécete. Sé un hombre.» Esa era la respuesta de su padre para todo. Los hombres de verdad son fuertes. Los hombres de verdad nunca se alteran. Los hombres de verdad están hechos de piedra y acero.

Si todo aquello era cierto, entonces Alfie estaba aún más lejos de ser un hombre de lo que realmente pensaba.

—¿Qué pasa? —saludo Alfie, dejando caer su bolsa junto al banquillo más alejado.

—¿Qué pasa, Alfie? —le saludó Reggie—. ¿Listo para intentarlo de nuevo?

Alfie sonrió forzadamente y se dirigió al vestuario.

—No mucho.

Cerró la puerta del retrete más grande y se miró en el espejo. Inspiró profundamente varias veces. Su pecho cetrino subía y bajaba tras la camiseta. Posó los ojos sobre los finos dedos. El cuello delgado. Las mejillas hundidas. Su padre había dicho que tenía que fortalecerse, pero su cuerpo no respondía. Era estirado, como un trozo de chicle que estuvieran arrancando de debajo de una silla. Quizás eso solo hubiera estado bien. Podía enfrentarse a ello. Pero tener la piel plagada de acné era muy injusto. Incluso así estaba llena de cicatrices y marcas de tanto tocarse.

Se pasó la mano por un grano nuevo que tenía en la mejilla, preguntándose si John el Grande haría algún comentario. A veces, cuando le salía un grano, se sentía como si le ocupara toda la cabeza. Era lo único que veía todo el mundo, como si tuviera un foco encima. Antes de darse cuenta ya se estaba rascando. Luego se pegó trozos de papel higiénico preguntándose si alguien estaría tan hecho polvo como él. Lo dudaba. Luchó contra las ganas de llorar y tiró el papel enrojecido al retrete.

—Puedes hacerlo —dijo, agarrándose al lavabo—. Hoy va a ser un día mejor.

Cuando sintió que podía enfrentarse al equipo, salió y se sentó.

—Hola, Twig —dijo Lab, parpadeando soñoliento mientras lo miraba.

—¿Qué hay? —contestó Alfie.

Peño se puso de pie y se estiró, observando a Alfie.

—¿Ya estás sudando?

Alfie se ruborizó.

—No, es solo agua. Ya sabes… para espabilarme un poco.

—Ya te digo —dijo Lab.

—Bueno, espero que pudieras descansar un poco —soltó Peño—. Quién sabe lo que tiene preparado para hoy el tío este, Rolabi. —Hizo una pausa y se volvió hacia Alfie—. Oye, ¿qué piensas de él?

Alfie quería hablar de lo que había visto, pero no deseaba arriesgarse a parecer un chiflado. Ya tenía bastantes problemas para encajar en el equipo. Se encogió de hombros.

—No sé. Es un poco… raro, supongo.

Peño asintió, aunque no parecía haber recibido la respuesta que esperaba.

—Sí —murmuró—. Supongo que se le puede llamar «raro».

En el otro campo, Reggie estaba entrenando tiros en suspensión tras giro. Alfie se unió a él y se fue a su lugar de calentamiento habitual. Empezó a lanzar un tiro libre tras otro, recogiendo siempre rápidamente su rebote y volviendo de nuevo a la línea de los cuatro sesenta, anotara o no.

Reggie dejó de jugar un momento, observándolo.

—Estás trabajando mucho los tiros libres, ¿eh? —dijo Reggie.

Alfie asintió.

—Sí. Mi padre dice que es bueno para la mecánica.

—Sí —asintió Reggie—. ¿Cuántas veces fuiste a la línea el año pasado?

—Una o dos veces por partido…

—Exactamente. Puedes trabajar los tiros libres, pero también tienes que forzarlos.

—Ya lo sé —se defendió Alfie.

Reggie sonrió.

—No me estoy metiendo contigo, Twig. Solo trato de ayudarte.

—¿En… serio?

—Claro.

Se giró y lanzó un tiro en suspensión.

—Tiras bien —dijo Alfie.

—He estado practicando —respondió sencillamente Reggie—. Supongo que la llanta que puse ha funcionado.

Alfie vaciló. Luego entró en la zona para practicar sus movimientos de espaldas al aro: bandejas después de pivote, ganchos y tiros al tablero. Cuando no había defensores a su alrededor, ni presión, ni ojos observándolo, podía jugar muy bien. Finta a la izquierda, ve a la derecha. Retrocede, desaparece. Arriba, abajo, arriba.

Susurró los movimientos para sí, oyendo la voz de su padre.

—Finta el tiro, baja el hombro, empuja. ¡Vamos!

—Eso es —dijo Reggie.

Pero el resto del equipo llegó poco después. Cuando Alfie vio a John el Grande sonriéndole burlón desde el banquillo, volvió a la línea de tiros libres. Allí estaba más seguro. Tiros fáciles. Nadie lo juzgaba.

Reggie suspiró y negó con la cabeza.

—Quizá no venga —dijo Lab desde el otro lado de la cancha.

—O quizá ya esté aquí.

Alfie se giró en redondo hacia el origen de la voz. Rolabi estaba sentado en las gradas comiéndose una manzana. Se puso de pie, dio un último mordisco y lanzó el corazón a un lado. Este voló unos veinte metros a través del gimnasio y aterrizó en el único cubo de basura. Alfie se quedó con la boca abierta. Rolabi ni siquiera había mirado.

—Buen tiro —murmuró Reggie.

Rolabi recogió su maletín y caminó hasta el centro de la cancha.

—Dejad los balones.

Alfie corrió hacia el banquillo y guardó el balón en su bolsa de deporte. Se dio cuenta de que todos los demás también corrían, cosa rara, porque, el año anterior, nadie se daba prisa en los entrenamientos. John el Grande solía pavonearse por el gimnasio como un pavo real. Rain escuchaba solo cuando le parecía. Pero ese día Rain estaba corriendo. Fue uno de los primeros en llegar junto a Rolabi.

El equipo formó un círculo delante del gigantesco profesor.

Alfie nunca había visto nada semejante a los ojos de Rolabi: un matiz cambiante de verde, que iba desde el verde eléctrico al profundo y oscuro. Se preguntó cómo se habría hecho Rolabi las finas cicatrices blancas de su rostro. ¿Quién iba a estar tan loco como para pelearse con «él»? Alfie apostaría a que ni siquiera su padre se enfrentaría a Rolabi. Y eso que nunca había visto a su padre evitando una discusión…, con nadie.

Alfie trató de reunir todo su coraje. Su padre había sido muy concreto: quería conocer a Rolabi. Pronto.

—Estooo… Profesor Rolabi —dijo tímidamente.

Se volvió hacia él.

—¿Sí?

Alfie intentó aclararse la garganta e hizo un ruido extraño y gutural, como un gato enfermo.

—Mi…, esto…, padre se preguntaba cuándo pueden venir los padres a conocerlo.

—Después de la prueba de selección, me reuniré con los padres.

Alfie abrió la boca y luego la volvió a cerrar, confuso. ¿Acababa de decir «prueba de selección»? ¿Aún podría ser «eliminado»? Miró directamente a Devon. ¿Sería su sustituto?

—¿Ha dicho usted prueba de selección? —preguntó Peño, que claramente estaba pensando lo mismo—. Este «es» el equipo.

—Este «era» el equipo. En mi equipo, todos tienen que «ganarse» su plaza.

Twig tragó saliva. Lo iban a eliminar, sin duda. Estupendo. Su padre se iba a poner furioso.

Se rascó el brazo sin pensar; luego se estremeció al ver las marcas.

—¿Así que nuestros padres tendrán que esperar diez días para hablar con usted? —preguntó Vin.

—Si hay algún asunto urgente, pueden llamar al 7652249493273.

Twig se palmeó los pantalones y frunció el ceño. ¿Por qué iba a llevar un boli? Ni siquiera tenía bolsillos. Pensó en ir hasta su bolsa a buscar el móvil, pero el número ya se le había olvidado.

—Así que... siete... ocho... —dijo, tratando de memorizarlo—. ¿Puede repetirlo?

—Estoy seguro de que papi te lo encontrará —dijo John el Grande.

Twig se puso rígido y miró hacia otro lado, con las mejillas ardiendo. ¿Por qué tenía que atraer la atención sobre sí mismo haciendo preguntas? Hablar nunca le había funcionado. Tenía que limitarse a estar callado y jugar. Eso era lo que se esperaba de él.

—Vamos a empezar con un *scrimmage* —dijo Rolabi.

Alfie trató de ocultar una mueca. Detestaba los *scrimmages* (esos ejercicios de cinco para cinco que no acababan de ser un partido). John el Grande se dedicaría a empujarlo mientras Rain lanzaba un millar de tiros. Nadie jugaba con sistemas o zonas, los *scrimmages* eran juegos libres que acababan en jugadas de uno contra uno. Por suerte, solían hacerse solo al final de los entrenamientos, de modo que Alfie podía marcharse rápidamente para esconder los moratones o las lágrimas a punto de caer. Pero ¿empezar el día con un *scrimmage*? Aquello iba a ser una auténtica pesadilla. Se preguntó si sería demasiado tarde para fingir que estaba lesionado.

—Los titulares del año pasado contra los del banquillo. Devon jugará con los últimos.

Alfie casi pudo oír el tácito «de momento». Y para empeorar las cosas, estaba jugando contra John el Grande. Alfie gruñó en su fuero interno mientras se ponía en guardia contra él desde el otro lado de la línea.

Los titulares empezaron a arremolinarse alrededor de Alfie: Rain, Peño, Lab y A-Wall.

—¿Listo para que te pateen? —preguntó John el Grande, sin preocuparse siquiera de susurrar.

Alfie sintió un peso que le caía en el estómago. No estaba hecho para esto. Un hombre de verdad no sentiría ganas de llorar ante una amenaza tan estúpida. Pero Alfie no era un hombre. No sabía cómo esconder sus emociones. No sabía cómo ser fuerte.

Esconder nuestras emociones no es ser fuerte.

Alfie miró a su alrededor buscando el origen de la voz, pero se detuvo, pensando.

Casi había sonado como si la voz estuviera dentro de su cabeza.

«Hmmm..., ¿hola?», pensó.

Rolabi lanzó la pelota. Fue un lanzamiento perfecto. Alfie supo que iba a ganar el salto; le sacaba casi quince centímetros a John el Grande y tenía una vertical mejor. Pero John el Grande tenía otros planes. Golpeó a Alfie en el estómago, dejándolo sin aire. Alfie se inclinó hacia delante, resoplando. John el Grande pasó el balón a Vin. Alfie jadeó, preguntándose si iría a vomitar.

Sintió cómo el aire volvía a sus pulmones al tranquilizarse. Lo invadió una mezcla de humillación, ira y culpabilidad. John el Grande lucía una sonrisita irónica, como si hubiera hecho algo muy inteligente. Lo peor era que Alfie sabía que no iba a hacer nada al respecto, a pesar de los constantes consejos y sermones de su padre. Era un cobarde. Un debilucho.

John el Grande corrió hacia el poste bajo y Alfie

lo siguió, sintiendo aún la tensión en el estómago. Alfie se movía detrás de él, manteniéndose entre John el Grande y el aro, moviendo los brazos como una de esas ridículas figuras inflables que se pueden ver en el exterior de los concesionarios de coches. John el Grande respondió bajando el hombro y cargando contra el pecho de Alfie. De repente, alzó el codo para clavárselo dolorosamente a Alfie en la barriga. Se tragó otro grito.

—¿Vas a llorar, Twig? —le provocó John el Grande.

Alfie lo ignoró, tratando de evitar los golpes constantes.

—¿No puedes hablar? —insistió John el Grande—. Patético. Pero ¿por qué estás aquí?

—Para…. jugar al baloncesto.

—No encajas aquí, niño rico. Vuelve a tu barrio fino con papá.

—Freddy me pidió que viniera…

—Y ahora se ha ido —silbó John el Grande—. Eh, chico nuevo, ¡cambia la defensa!

John el Grande se dirigió hacia el otro poste. Alfie fue tras él de mala gana. Devon y A-Wall corrieron hasta allí. Twig se dio cuenta de que Devon pasaba cuidadosamente junto a él, evitando el contacto. Se volvió, frunciendo el ceño. Devon no estaba empujando ni forcejeando en el poste bajo. Se limitaba a quedarse allí con un brazo hacia arriba para recoger el pase. No decía una palabra.

«¿Por qué no persigue a A-Wall?», pensó Twig, confuso.

Vio que Reggie trataba de pasar a John el Grande y recordó lo que había dicho su padre: intenta ponerte «delante» de tu hombre para bloquear el pase de entrada. Peleó para ponerse delante.

—¡Aquí! —dijo John el Grande—. ¡Vamos a acabar con este Twig!

Reggie intentó el pase, pero Rain lo recogió.

—¡Venga, hombre! —gritó John el Grande—. ¿Qué clase de pase es ese?

Alfie trató de seguir a Rain en la ofensiva, pero John el Grande extendió una pierna. Alfie tropezó y se golpeó la mejilla y los dientes contra el suelo. Se quedó allí, atontado, pasándose la lengua por la dentadura. John el Grande se acercó, mirándolo con una sonrisa torcida y los ojos brillantes.

—Quédate ahí —susurró.

Alfie quería hacerlo, pero pensó que alguien iba a tropezar con él. Así pues, se puso de pie. John el Grande corrió para chocar con él deliberadamente. Alfie jadeó cuando se volvió a quedar sin aire en los pulmones. Jerome pasó junto a él y anotó.

—Muy bien, Twig —dijo John el Grande—. Desde luego, te estás ganando el apodo esta temporada.

—¡Agárrala! —soltó Peño, que lanzó el balón contra el pecho de Alfie.

Alfie se ruborizó y corrió por la cancha. Siempre era culpa suya.

Antes de poder llegar siquiera a su posición, oyó que alguien gritaba. Confuso, miró hacia atrás y vio a Vin acercándose al aro para hacer una bandeja. Estaban perdiendo 4-0 y Peño parecía desconcertado. Peño rara vez perdía el balón; le decía a todo el mundo que tenía pegamento en las manos.

—Pensé que tenías las manos tontas —dijo Lab—. Pareces Twig driblando.

—Gracias —murmuró Alfie.

Peño consiguió recorrer la cancha esta vez, por los pelos; como Rain parecía extrañamente desinteresado en abrirse, Alfie corrió hacia la zona de tiro libre. Para su sorpresa, pudo atrapar el pase. Se dio la vuelta y fintó el lanzamiento desde la línea de tiros libres; John el Grande voló a su lado, tratando de golpear el balón hasta la estratosfera. Alfie sonrió y se preparó para penetrar a canasta. Entonces se quedó inmóvil. Había un espejo debajo de la canasta. Esta vez solo era uno.

Devolviéndole la mirada había un niño pequeño esquelético con una mata de pelo negro despeinado y grandes ojos marrones y llorosos. Era Alfie en segundo curso. Sujetaba el balón en la misma posición, listo para acercarse al aro y dejar una bandeja. Pero antes de que pudiera moverse, aparecieron otros niños a su alrededor.

—No va a lanzar —dijo uno—. Tiene miedo.

—¡Qué tío más raro!

—¡Nenaza!

Alfie se sabía las palabras de memoria… Ya las había oído todas. Entonces su padre se acercó en el espejo, apartando a los demás niños. Alfie pensó que todo iba a ir mejor.

—Un hijo mío no se deja insultar así —se burló—. Me estás avergonzando.

Por su mente desfilaron miles de recuerdos. Su padre llevándolo a casa después de un partido, diciéndole que Rain sí que era un buen jugador. Su padre diciéndole que se pareciera más a su primo Gerald: robusto, duro… y un completo imbécil. Más atrás. Su padre llevándose el hipopótamo de peluche cuando tenía cuatro años «porque ya no era un bebé». Todo esto le llegó a la vez. Era difícil ver o pensar o hacer nada en absoluto. Porque, por culpa de todo aquello, él seguía siendo una persona vergonzosa.

Alfie le pasó el balón a Peño, sin oír siquiera la bronca que siguió. Se arrastró hasta el poste, hecho polvo. Después de aquello, se negó a abrirse para un pase. No quería tocar el balón. No quería ser Alfred Zetz.

Apenas prestó atención al resto del *scrimmage*. Se tragó los codazos y los empujones sin quejarse. Rain se estaba poniendo nervioso. Cuando un rebote afortunado llegó a las desganadas manos de Alfie, Rain salió corriendo, dejando detrás a Reggie. Alfie advirtió un brillo de luz reflejándose en un panel de cristal.

—¡Twig! ¡Aquí! —gritó Rain.

Sin pensarlo, Alfie lanzó el balón a través de la cancha, aliviado de deshacerse de él.

—¿Te asusta botar el balón? —preguntó John el Grande.

Alfie lo miró y corrió tras Rain.

—¿Nada que decir? —insistió John el Grande—. Siempre corriendo, ¿no? Siempre corriendo asustado.

Alfie sintió que le ardían las mejillas. Delante de él, Rain actuaba de una manera muy rara. Se movía de una manera exagerada a cámara lenta. Luego se detuvo y lanzó un triple largo que se quedó corto.

Rain no tiraba así. Estaba pasando algo.

¿Qué estaba viendo Rain?, se preguntó Alfie.

Ahora estás haciendo la pregunta correcta.

Alfie se encogió y se volvió hacia el profesor, que estaba entrando en la cancha.

—Por hoy, eso será todo.

—¿No vamos a hacer ejercicios? —preguntó Peño.

Como de costumbre, Rolabi no contestó. Con una precisión irreal, el balón rodó directamente hasta sus brillantes zapatos y allí se quedó. Rolabi lo recogió y se dirigió hacia las gradas, dejándolo caer en su maletín al pasar. Se sentó tan tranquilamente como si estuviera esperando el autobús. En cuanto lo hizo, se oyó un chasquido descomunal. De repente, la puerta del vestuario se abrió, chocando contra la pared y haciendo que todos se volvieran hacia el origen del ruido. Un viento helado salió del vestuario. Alfie se quedó mirando asombrado. Allí no había ninguna ventana.

—¿Dónde…? ¿Cómo…? —dijo John el Grande.

Alfie se giró de nuevo. Las gradas estaban vacías y Rolabi había desaparecido.

Alfie siguió mirando mientras los demás se enzarzaban en una discusión sobre magia, brujos y si todos se estaban volviendo locos. Al tiempo que escuchaba, un recuerdo afloró en la mente de Alfie. Llevaba dando vueltas en su cabeza desde el día anterior. Era una historia que había leído hacía mucho tiempo, o quizá se la habían leído… Un cuento de niños. Trataba de magia, pero lo llamaban de otra manera… «¿Grapa?» Recordaba una montaña, una isla… y algo más. El reino de Granity. Abrió mucho los ojos. Por eso la palabra «granity» del contrato le había sonado.

Alfie retrocedió acercándose a su bolsa para quitarse las zapatillas y se quedó inmóvil al ver una tarjeta de visita encima. La tarjeta era blanca y azul, con una W inscrita en ella y el número 76522494936273. La recogió, preguntándose cuándo la habría colocado allí Rolabi. Alfie corrió hasta el aparcamiento y marcó el extraño número. Para su sorpresa, dio tono.

Una voz profunda contestó.

«Le habla Rolabi Wizenard...»

—Hola, Rol...

La voz continuó impertérrita. Parecía el mensaje de un contestador.

«Esta línea es solamente para padres. Pasa una buena tarde, Twig.»

Alfie dio un respingo y colgó. Se quedó mirando desconcertado a su teléfono. Entonces recordó otro fragmento del cuento. Una palabra determinada. Una palabra que había olvidado hacía mucho tiempo.

—*Wizenard* —susurró.

No era su apellido. Era un título.

Llamó a su madre para que lo fuera a buscar, ansioso de pronto por volver a casa. Tenía que encontrar aquel libro.

3

EL SUDOR QUE DESAPARECE

*Si puedes leer la mente,
ponte en la de los demás y abre los ojos.*

❖ PROVERBIO ⟨29⟩ WIZENARD ❖

$\mathcal{A}$ la mañana siguiente, Alfie estaba sentado en el vestuario. Solo. El hedor le subía por la nariz como si fueran gusanos podridos. Estaba encaramado en el banco de madera que rodeaba la sala, fijado con ganchos de acero y manchado de negro por el moho. Las paredes, otrora blancas, estaban manchadas de amarillo con círculos color cobre por las humedades. Unos cuantos ganchos oxidados sobresalían por encima del banco. Alfie quería estar solo, y allí la soledad estaba garantizada.

Sostenía el viejo libro arrugado entre las manos: *El mundo de Grana.*

Lo había encontrado escondido en el fondo de su armario. La noche anterior, lo había leído al menos diez veces. Trataba de una isla, un lugar alejado en el océano y con una única montaña cubierta de nieve. El Reino de Granity. Allí había maestros; hombres y mujeres que viajaban por el mundo sacando grana a la luz, entrando y saliendo de la sociedad como fantasmas. Se los llamaba *wizenards*. En la historia, una huérfana (una niña llamada Pana) perdida en el mar iba a parar a la isla. Y uno de ellos la entrenaba. Ella quería quedarse en la isla y olvidar su antigua vida, pero, después de aprender los secretos de la grana, se dio cuenta de que no podía hacerlo. Las últimas líneas del libro decían:

Pana se dio cuenta de que la grana siempre había estado allí. Y sabía que tenía que volver al mundo y compartir sus lecciones con la gente. De este modo, Pana abandonó el Reino, pero siendo ya una *wizenard*.

Alfie se mordió las uñas. Se había traído el libro para enseñárselo a los demás, pero era ridículo pensar que se lo iban a tomar en serio. Era un cuento para niños. Su madre se lo leía a la hora de dormir. Se imaginó a John el Grande riéndose histéricamente. Pasó los dedos por los dibujos de cada página. Una hermosa copa dorada. Un castillo de piedra blanca. Una gran puerta arqueada tallada en la montaña y una cavernosa sala redonda en su interior.

Cerró el libro y volvió a ponerlo en su bolsa. Era una coincidencia. Tenía que serlo.

Aun así, Rolabi no se parecía en nada a un entrenador normal. El padre de Alfie lo había llamado la noche anterior, para averiguar cosas sobre el tiempo de juego de Alfie. Lo había llamado desde su despacho de casa. Y, cuando salió, parecía un poco… incómodo. Le dijo amablemente a Alfie que Rolabi parecía un buen entrenador. Eso fue todo. Ni una palabra más. Alfie nunca lo había visto tan silencioso.

Quizás aquello fuera también grana.

Cuando Alfie sacó sus zapatillas, una pequeña nota doblada salió de una de ellas.

> Querido Alfie:
> Parecías enfermo anoche en la cena.
> Sé que dijiste que estabas bien, pero
> me preocupas. ¿Va todo bien en el
> campamento de entrenamiento? ¿Te
> están fastidiando los demás chicos?
> Puedes hablar conmigo cuando
> quieras.
> Te quiere mucho,
> Mamá

Alfie sintió que se le llenaban los ojos de lágrimas. Se los limpió bruscamente con la palma de la mano, esparciendo las lágrimas calientes por sus mejillas. La creía. Podría hablarle de Rolabi, y ella escucharía. Pero se lo contaría a su padre. Él lo descubriría y gritaría, y le diría a Alfie que los cobardes nunca ganan. Que tenía que centrarse en su juego.

Alfie dobló la nota pulcramente y la volvió a meter en su bolsa de deporte.

—No puedo salir ahí —dijo en voz baja, su voz flotando en la sala vacía.

Tenía la sensación de tener pesos de hierro atados a los miembros que lo sujetaban al banco. Sabía que podía estar allí sentado el día entero y que a sus compañeros no les importaría. Probablemente, ni se darían cuenta. Alfie se apoyó hacia atrás, mirando la pared de enfrente. Luego entrecerró los ojos.

Había algo escrito en los bloques de cemento.

Cruzó la habitación y encontró un mensaje corto. Alfie se preguntó cómo no lo había visto cuando se había sentado allí. La escritura era sorprendentemente elegante, casi como caligrafía:

Encontrarás el valor cuando desafíes tus miedos.

Alfie pasó las manos sobre la tinta seca, pensando en aquellas palabras. Entonces asintió y fue a ponerse las zapatillas. Cientos, o quizá miles de personas, se habrían sentado antes en aquel viejo vestuario; seguramente, algunos estarían asustados. Quizás incluso el que escribió el mensaje. Pero, en cualquier caso, seguro que se levantaron y salieron a jugar.

Alfie también podía hacerlo. Podía enfrentarse a un día más.

Cuando salió, la mayor parte del equipo ya estaba allí. Y el banquillo de titulares estaba lleno.

Alfie se sentó en el más alejado y esperó las inevitables bromitas de John el Grande. Pero no llegaron. De hecho, nadie estaba hablando. Y si lo hacían, era solo en susurros.

Alfie sacó el libro de su bolsa. ¿Sería realmente su entrenador un *wizenard*? ¿Sería todo verdad?

—La magia no existe —soltó Lab, hablando por encima de los susurros.

—¿De verdad?

La voz surgió de detrás de ellos. Alfie se dio la vuelta con tanta brusquedad que se cayó del banquillo. El resto de los jugadores chocaron en el otro banquillo y se cayeron en un revoltijo de brazos y piernas. Rolabi entró en la cancha, con su maletín de médico en una mano; la otra se balanceaba rítmicamente a un lado como el péndulo de un reloj de pared. Era casi hipnótico.

—Si no creéis en la magia —dijo Rolabi—, tenéis que salir más.

Sus ojos se detuvieron en Alfie y, como anteriormente, este oyó el tictac de su reloj de bolsillo.

Siempre hay tiempo para cambiar.

Alfie no apartó la vista esta vez. Aguantó la mirada de Rolabi.

Estaba mirando a un *wizenard*.

El primero en encontrar la verdad. Pero ¿serás el primero en enfrentarte a ella?

«¿Cómo me enfrento a ella?», pensó Alfie.

Trabajando.

Entonces, Rolabi dijo:

—Vamos a empezar corriendo alrededor de la cancha.

Alfie parpadeó y se puso de pie. Se dio cuenta de que el equipo se dirigía hacia él para empezar a correr. Alfie se encontró en una incómoda primera posición. Corrió más despacio, pero, al cabo de cinco vueltas, empezó a sudar. Mucho. Le caía el sudor por la frente y la nariz puntiaguda. Pronto sintió el sabor salado en los labios.

—Ensayaremos los tiros libres —dijo Rolabi—. De uno en uno. En cuanto uno anote, dejaréis de correr por hoy. Si falláis, todo el equipo corre cinco vueltas más.

—Entendido —dijo Peño, jadeando.

Alfie se dobló hacia delante. El sudor le goteaba. Se formó un charco en el suelo durante un segundo. De pronto, desapareció como si hubieran tirado de un tapón. Frunció el ceño. Nunca había visto que el parqué hiciera algo así. Miró a su alrededor y vio cómo los demás inspiraban grandes bocanadas de aire junto a él. Su sudor también goteaba hasta el suelo y desaparecía. Era como si Fairwood se lo estuviera bebiendo.

Se arrodilló y tocó el suelo. Era áspero; la mayor parte del barniz se había desgastado y la madera estaba astillada en algunos lugares. Los dedos de Alfie parecieron secarse al tocarlo.

—¿Qué clase de tiro ha sido ese? —preguntó Lab, incrédulo.

Alfie alzó la mirada. El balón rodaba apartándose de un Peño muy entristecido.

—Cinco vueltas más —dijo Rolabi.

Alfie se enderezó en medio de los gruñidos y se preparó para empezar a correr otra vez. Abrió mucho los ojos.

—¿Alguien más ha visto eso? —murmuró Jerome.

El suelo se inclinó en un ángulo de cuarenta y cinco grados, como si alguien hubiera agarrado el gimnasio por un extremo y lo hubiera levantado. Alfie sintió que sus zapatillas se escurrían hacia atrás y se agachó, cambiando su peso.

—Empezad —dijo Rolabi.

«Un *wizenard*», pensó Alfie, impresionado.

¿Estás listo para encontrar tu grana?

«No..., no sé», pensó él.

Entonces corre y descúbrelo.

Alfie empezó a correr. Se vio obligado a ensanchar sus pasos e inclinarse hacia delante, empujándose cuesta arriba con los brazos por delante como contrapeso. Las piernas empujaban hacia los lados como las de un patinador. Le ardían muchísimo los muslos cuando finalmente llegó a la línea de fondo y giró de nuevo. Alfie patinó hasta detenerse, sintiendo que los demás se amontonaban detrás de él. Ahora el suelo se inclinó «hacia abajo».

—Caramba —murmuró Alfie.

Trepa alto. Cae lejos. Sal en busca de la verdad.

Alfie se inclinó hacia atrás y descendió con pequeños y cautelosos pasos.

—Si me muero, contad mi historia —jadeó John el Grande.

—¿La de que te caíste en un agujero o la de que moriste de un ataque al corazón? —preguntó Vin.

—Cualquiera de las dos.

Cuando hubieron dado cinco vueltas sorteando obstáculos constantemente, Rain se adelantó para lanzar un tiro libre. Alfie estaba totalmente empapado en sudor. Podía haber escurrido sus calzones.

Por suerte, sabía que el ejercicio terminaría allí. Rain nunca fallaba un tiro libre.

Rain se dirigió a la línea de los cuatro sesenta y

Alfie anticipó su rutina. Bote, bote, bote, inspiración profunda. Todo como siempre. Pero al lanzar, tropezó. El balón pasó por fuera del aro y se alejó.

—No... —suspiró John el Grande.

—Todo el mundo, a beber agua —dijo Rolabi—. Seguiremos enseguida con las vueltas.

Alfie agarró su botella y vio cómo Rain cerraba de golpe la puerta del vestuario tras de sí. ¿Tan molesto estaba por haber fallado un tiro? No conocía mucho a Rain, solo sabía de él que su vida parecía perfecta. El mejor jugador, el más guay, el que mejor lanzaba. Rain lo tenía fácil.

—Pero ¿qué pasa? —murmuró A-Wall.

—Ni idea —dijo Peño—. Pero estoy seguro de que Rolly-Rarito tiene algo que ver con ello.

Twig dio un trago de agua y miró al profesor. Estaba de pie como una estatua, en el centro de la cancha, mirando los banderines. Alfie pensó en otra parte del viejo libro:

Y le dijeron a Pana que los *wizenards* son tan viejos como la piedra. Algunos viven mil años. El suyo es el trabajo más viejo y más importante: recordar al resto del mundo lo que son en realidad.

—El suelo... se está moviendo, ¿verdad? —preguntó una voz profunda.

Alfie se volvió hacia Devon, sorprendido al oírlo hablar.

—Sí… O eso creo.

Devon asintió.

—Me quería asegurar.

Se pusieron a correr otra vez. Como antes, el gimnasio cambió a cada vuelta. Los tiros fallidos empezaron a acumularse: Lab, Vin y John el Grande. El equipo apenas podía seguir corriendo.

—Twig —dijo Reggie, jadeando cuando se detuvieron la vez siguiente—. Te toca.

«Fácil y bonito», pensó Alfie, rebotando el balón y limpiándose las manos sudorosas en la camiseta.

Imitó a Rain: bote, bote, bote, inspiración profunda. Luego se dispuso a lanzar.

Sin embargo, cuando fue a alzar el balón, se dio cuenta de que era increíblemente pesado. Estaba sujetando una esfera de plomo negro, como la que tienen los presos encadenada a una pierna. Se esforzó por levantarla, separando los pies para conseguir una posición mejor. Le parecía que todo su cuerpo iba a aplastarse contra el suelo. Apretó los dientes y siguió empujando, alzando el balón por encima de su cabeza.

—Qué débil es —dijo Lab.

Él miró hacia el equipo, pero le pareció que ninguno estaba hablando.

—No puede ni levantar un balón —dijo John el Grande, riendo.

—Es…, es muy pesado —dijo Alfie.

—Esto es vergonzoso —dijo Rain—. Su padre debe estar muy disgustado.

Pero no estaban moviendo la boca. ¿No? Alfie dejó de mirarlos.

De nuevo, luchó por levantar el balón, tirando de él como si alzara un peso muerto. Después, lo empujó hacia delante. En cuanto lo soltó, la bola de plomo se convirtió de nuevo inmediatamente en un balón normal, que voló derecho en línea recta y se estrelló contra el tablero, rebotando hacia atrás y casi dándole en la cabeza. Alfie oyó gruñidos de incredulidad de sus compañeros y le ardieron las mejillas.

Aturdido, volvió junto al grupo. Corrieron cinco vueltas más, enfrentándose a obstáculos cada vez más extraños. Alfie ya estaba tambaleándose, las piernas casi no le respondían.

—Pausa para beber —dijo Rolabi mientras caminaba hacia el centro de la cancha—. Traed aquí vuestras botellas.

Alfie agarró su botella, pensando en el peso del balón. No solo lo había visto. Lo había sentido. Era tangible, real. De nuevo, pensó en el libro. Pana había aprendido que no eran los *wizenards* los que creaban la magia; solo usaban la grana que todo el mundo poseía.

Una de sus principales lecciones era que «ella» estaba creando su propio mundo.

¿Tú no?

Twig giró en redondo, dejando caer su botella e inclinándose para recogerla de nuevo.

«Todavía no estoy acostumbrado a esto… —pensó mansamente—. Hablando así en mi cabeza… ¿Es esto grana?»

Todo lo es.

Tragó un poco de agua y se unió a los que estaban sentados en círculo alrededor de Rolabi, que sacó de su maletín una flor en un tiesto y la colocó en el suelo. Era una margarita blanca, bonita, luminosa. Alfie solo había visto flores así en los libros.

¿Quieres ver la grana?

Nervioso, Alfie pensó que sí que quería.

Entonces mira crecer la flor. Sé consciente de cada detalle. Ve lo imperceptible.

Alfie frunció el ceño y miró fijamente a la flor. Se sentó sobre las piernas dobladas y trató de centrarse. Los dos primeros minutos, trató de ver realmente algo. Pero no dejaba de ser una simple margarita.

Pronto, varios sonidos distrajeron su atención: el tictac del reloj, suspiros frustrados y el roce de sus compañeros, que se movían incómodos. Trató de ver crecer la flor, pero no pasaba nada.

¿Por qué tratas de acelerar el tiempo?

«No lo hago», pensó Alfie, mirando a Rolabi.

Lo que quieres son cambios. Un nuevo cuerpo, una nueva vida. ¿Qué has hecho para construir lo que ya tienes?

Alfie apartó la mirada. Cuando volvió a mirar, la margarita estaba mustia y él estaba solo en el gimnasio. Sintió un escalofrío en la nuca. ¿Esa escena era real? Se arrastró hasta la maceta y extendió la mano para tocar la margarita, que se convirtió en polvo y cenizas. Se quedó mirándola, confuso, extrañamente triste. Era tan hermosa...

—Cuando buscamos más, olvidamos lo que tenemos. Lo que se ignora se marchita.

Alfie levantó la vista y vio a Rolabi de pie junto a él.

—Estoy intentando ser mejor —protestó.

—Es sensato mejorar lo que ya eres —dijo—. No desear ser otra cosa distinta.

Alfie parpadeó y se vio de nuevo sentado en el círculo, rodeado por sus compañeros. Rolabi estaba guardando la margarita en el maletín. Alfie lo miró, desconcertado.

—Hoy vamos a aprender una lección más —dijo Rolabi.

Sus ojos verdes se clavaron en Alfie.

Es hora de que crezca la Ramita.

Alfie se puso de pie con los demás. Rolabi empezó a montar un circuito de entrenamiento alrededor del gimnasio. Arrojó los conos al suelo sin mirar, pero quedaron colocados en un perfecto dibujo en zigzag. Volvió a meter la mano en el maletín y sacó objetos ridículamente grandes: un aro sobre una base de metal, postes de dos metros de alto... y más conos. Era un equipamiento suficiente como para llenar la parte trasera de una camioneta. Como si esto no bastara, finalmente sacó tres balones más y los colocó en una fila.

—¿Realmente estoy viendo lo que estoy viendo? —murmuró Reggie.

—Ya no lo sé —respondió Alfie.

Cuando el equipo se hubo reunido delante de los tres balones, Rolabi se volvió hacia ellos.

—Completaréis el circuito. Una bandeja en el primer aro y un tiro desde abajo en el segundo. Cuando volváis, pasaréis el balón al jugador que esté primero en la fila. Pueden salir tres a la vez. Podéis empezar.

Rain fue a coger el primer balón y soltó un grito que helaba la sangre. Se agarró la muñeca, dejando caer la bola. Alfie observó atónito cómo seguía gritando como loco. De otros jugadores surgieron gritos frenéticos; con cierto reparo, Alfie miró hacia abajo.

Su mano derecha había desaparecido. La muñeca terminaba en una pared plana de color carne. Alfie se quedó mirando el miembro desaparecido, perplejo. Lo tocó con los dedos de la mano izquierda y no sintió nada. Oyó gritos, quejas y maldiciones, pero apenas podía procesar los sonidos. Su mano «había desaparecido».

—¡Soy el único que la ha perdido! —gritaba Lab.

—Yo ya no la tengo —dijo Alfie, atontado.

Lab se quedó mirándolo y luego se volvió hacia Rolabi.

—No es posible.

—La posibilidad es algo notablemente subjetivo —contestó Rolabi—. ¿Empezamos?

Nadie dijo nada durante un momento; no se oían más que lamentos y maldiciones sofocadas.

Entonces Rain recogió el balón con la mano izquierda e inició el circuito. Todos lo siguieron de mala gana. Alfie falló una bandeja de mala manera y apenas consiguió abrirse camino por entre los conos. Perdió el balón un par de veces, aunque sobrepasó a un frustrado A-Wall antes de que a él lo dejará atrás Jerome. Cuando Alfie trató de encestar, falló por tres metros. Luego probó con un tiro a una sola mano que no fue a ninguna parte. Cuando recogió el rebote, completamente avergonzado, otro balonazo le dio con fuerza en la nuca.

—¡Perdona, tío! —dijo Lab.

Las disculpas se extendían por todo el gimnasio.

—¡Cuidado! —chilló Peño, golpeando a Vin tras un pase torpe.

—¡No estamos jugando a balón prisionero, chaval! —dijo Vin, frotándose la mejilla.

El circuito continuó. A Alfie lo golpearon seis veces más, una en la nariz. Falló un tercio de sus bandejas con la mano izquierda y no convirtió un solo tiro en suspensión. De hecho, no anotó ni una sola canasta. Fue humillante. Cuando, finalmente, Rolabi dio por terminado el ejercicio, Alfie se sentó de golpe, exhausto. Estaba sudando tanto que le picaban los ojos y apenas podía abrirlos.

—¿Podemos recuperar ya las manos? —preguntó Rain.

—Mañana trabajaremos nuestra defensa. Entonces nos serán útiles —dijo Rolabi.

Con esto, recogió su maletín y empezó a caminar directamente hacia una pared de ladrillo.

—Sabe que ahí no hay una puerta, ¿no? —preguntó Peño.

Las luces parpadearon como minisupernovas, bañando la sala en una blanca luz cegadora. Alfie oyó algo, olas quizás. Un viento alpino que aullaba. Sintió el olor de la salada brisa del océano.

—El reino de Granity —susurró.

Las luces se encendieron y se apagaron. Rolabi se había ido.

Se rehízo lentamente y el suelo hizo un *plop* succionador. Miró hacia atrás y vio que estaba perfectamente seco. Era imposible. Alfie se arrodilló de nuevo y tocó el parqué. Los anchos tablones se estaban separando lentamente. Pasó los dedos por la separación.

Una imagen destelló frente a él. Miles de venas y arterias plateadas corrían bajo sus ojos, reptando por las paredes y llegando hasta el techo. Estaban latiendo. Pulsando. Bombeando sudor.

El gimnasio parecía «vivo».

—Un corazón —susurró.

La imagen se desvaneció y Alfie se percató de que se había caído de culo. Ni siquiera se había dado cuenta. Las venas y las arterias habían desaparecido, pero casi podía oír el latido del corazón.

—¿Estás bien? —preguntó Reggie, echándole una mano para ayudarle a levantarse—. Aparte de lo de la mano.

—Sí —dijo Alfie, aceptando agradecido la ayuda—. Gracias.

—Qué cosas más raras, ¿eh? Tú puedes ver la mía, ¿verdad?

—Sí. Debe de ser una alucinación personal.

—No entiendo nada —dijo Reggie—. Me gustaría saber qué está pasando.

Alfie abrió la boca para mencionar el libro, pero dudó. No quería que se rieran de él. Aunque Reggie era majo, aquel era un libro para niños. Así que asintió y sonrió forzadamente.

—A mí también.

Se dirigieron juntos hacia el banco y Reggie le echó una mirada.

—¿De dónde salieron esas cicatrices tuyas de las mejillas, por cierto? —preguntó—. Quería preguntártelo.

Alfie se llevó una mano a la cara. Los pellizcos a la piel habían dejado sus mejillas marcadas con pequeños puntos blancos y bultitos allí donde había apretado demasiado. Le daban un aspecto gastado, como un viejo soldado. Le parecía asqueroso, pero no podía parar de hacerlo.

—Nací con ellas —dijo.

—Oh. Me parecía que últimamente tenías más…

—No —negó Alfie bruscamente.

Sonó más antipático de lo que había pretendido. Miró hacia otro lado.

Reggie enrojeció.

—Perdona. Solo quería asegurarme de que estabas bien.

Reggie siguió caminando hacia el banquillo, evidentemente incómodo. Alfie se mordió las uñas, pensando que no podía permitirse perder a su único amigo en el equipo. No quería hablar de las cicatrices…, pero «podía» hablarle del libro. Quizá Reggie lo viera como una señal de confianza. Alfie se mordió las uñas un poco más.

—¿Puedo enseñarte algo? —le preguntó.

Reggie se volvió.

—¿Qué?

Alfie lo llevó hasta el banquillo, miró a su alrededor para asegurarse de que todos estaban ocupados, sacó el libro con la mano izquierda y se lo enseñó a Reggie.

—*El mundo de Grana* —dijo Reggie lentamente. Parecía pronunciar cada palabra con cuidado—. Creo que mi abuela me leía esto cuando era pequeño. Me resulta familiar. ¿Por qué has traído…?

—Tú léelo. Puedes llevártelo esta noche, si quieres.

Reggie frunció el ceño y luego abrió el libro, colocándolo sobre su regazo y pasando las páginas animadamente con su mano más débil, la derecha. La primera página era un dibujo de la isla y la montaña.

El libro empezaba:

Una vez, en el Reino de Granity, había muchos *wizenards*…

—Oh —dijo Reggie en voz baja—. Ya veo.

LA LARGA CAMINATA

Si te asusta la soledad,
pasa más tiempo solo.

❖ PROVERBIO ㉓ WIZENARD ❖

*A*lfie se aseguró de que nadie estuviera mirando y extendió la mano izquierda para apretar los botones que tenía en cada zapatilla, lo que las cerraba cómodamente. Los demás luchaban con sus cordones, y él no quería llamar más la atención. Fuera como fuera, los comprendía. Desde el ejercicio del día anterior, casi se había tragado el cepillo de dientes, había dejado caer un vaso de leche y había abandonado totalmente la idea de leer un libro. Era sorprendente lo inútil que era con la mano izquierda. Podía haber sido un gancho pirata…

Sus padres no dijeron ni una palabra al respecto.

Podían ver su mano. Alfie tenía que aguantarse. Eso es lo que su padre decía siempre. ¿Un catarro? Te aguantas. ¿Abusones? Te aguantas.

«Te aguantas.» Ni siquiera sabía lo que quería decir. ¿No te quejes, o no te pongas malo, para empezar? ¿No protestes de los abusones, o no dejes que te fastidien? ¿Qué es lo que se consideraba «aguantar»?

—Menuda noche, ¿eh? —dijo Reggie, que se dejó caer en el banquillo más alejado después de unas cuantas vueltas rápidas por el gimnasio. Eran los primeros, como de costumbre, pero ya habían empezado a llegar algunos de los chicos—. Ah, toma.

Sacó el libro de su bolsa con su única mano y se lo devolvió a Alfie.

—¿Cuántas veces lo leíste? —preguntó Alfie.

—Unas veinte —dijo él—. ¿Sabes?, me identificaba con Pana.

Alfie casi se da un tortazo en la frente. Por supuesto, Reggie también era huérfano.

—No me di…

—No te preocupes —le cortó Reggie—. La cuestión es que… ahora parece de lo más acertado.

Alfie lo miró.

—Sí. ¿Le dijiste algo a tu abuela?

—Qué va. Me habría dicho que estoy chalado. Es de la vieja escuela, ¿sabes?

—¿Qué quieres decir?

—«No te quejes. No contestes.» Ella no cree en la magia. Ni en la grana.

Alfie asintió y metió el libro en su bolsa.

—Lo mismo le pasa a mi padre. ¿Cuánto tiempo hace que tu abuela se ocupa de ti?

—Este mes de octubre hará siete años. Desde que tenía seis.

Alfie dudó. No debería preguntarlo. Sabía que no debía. Pero es que quería hacerlo.

Nunca se le dio bien el autocontrol.

—¿Y tus… padres? —preguntó.

Reggie se quedó un buen rato en silencio. Alfie estaba seguro de que se había pasado. Ya estaba preparando mentalmente una disculpa. A veces se sentía muy estúpido.

—No sé —dijo Reggie finalmente.

—¿Qué quieres decir? —preguntó Alfie, incapaz de callarse—. ¿Se… fueron?

—No exactamente.

Reggie suspiró y se miró las manos como si la respuesta estuviera escrita allí.

—Tuvieron un accidente de coche.

—Lo siento —murmuró Alfie. No podía imaginar cómo sería perder a sus padres.

Reggie lo miró.

—Bueno, es lo que me dijo la policía. Pero yo nunca vi su coche. No había fotos. Nada. —Hizo una pausa—. Los dos eran periodistas. Habían hablado del presidente.

—No lo sabía —murmuró Alfie.

Sintió un hormigueo de energía nerviosa. ¿Qué estaba diciendo Reggie? ¿Que el Gobierno había matado a sus padres? Miró a su alrededor por el gimnasio para asegurarse de que nadie los estuviera oyendo, pero todos estaban calentando. Algo así…, era peligroso solo el pensarlo.

—No lo sabe nadie en el equipo —dijo Reggie.

—Pero a mí me lo has contado…

—Sí —respondió Reggie, asintiendo—. Confío en que esto quede entre nosotros.

Alfie asintió.

—Por supuesto. Y… lo siento.

—Yo también —susurró él.

Las puertas se abrieron de par en par. Rain entró. Freddy iba detrás, mirando nervioso por todo el gimnasio. Alfie adivinó al instante lo que estaba pasando: Freddy estaba allí para despedir a Rolabi Wizenard. Alfie había visto a Rain hablando en voz baja con algunos de los otros jugadores antes de que se marcharan el día anterior, pero a él no le había dicho nada. Estaba claro: la decisión estaba tomada.

—Puede que no tengamos que pensar ya mucho más tiempo sobre los *wizenards* —susurró Reggie.

—¿Te pidieron tu opinión?

Reggie se rio con sorna.

—Por supuesto que no.

Alfie escuchó en silencio mientras el equipo se quejaba al dueño. Freddy no se creía nada de todo aquello: manos desaparecidas que todo el mundo podía ver, gimnasios moviéndose, voces. Pero se movió nervioso, escuchó y accedió a echar a Rolabi. Si Rain lo quería, Freddy lo hacía.

Alfie deseó poder decir algo para que conservaran a Rolabi, pero ni siquiera lo intentó. Se sintió avergonzado. Realmente, era un cobarde. Su padre lo sabía. El equipo lo sabía. Y lo peor de todo era que Alfie lo sabía. Permaneció en silencio.

Freddy miró su móvil.

—Bueno, bien, debería llegar enseguida...

—¿Estabas en alguno de estos equipos, Frederick?

Alfie se giró al oír la voz. Rolabi Wizenard estaba debajo de la fila coloreada de banderines.

—¿Qué...? ¿Dónde...? —preguntó Freddy, tartamudeando.

Rolabi caminó hacia ellos. Freddy lo había intentado, había que decirlo en su defensa. Incluso se echó la culpa.

Sin embargo, Rolabi no se movió. Un silencio se extendió mientras miraba a todo el equipo. Cuando sus ojos se detuvieron en Alfie, una palabra pareció pasar entre ellos: «valor». Alfie se miró las zapatillas. No importaba que hubiese querido protestar. No lo había hecho. Había mantenido la boca cerrada, como siempre. Alfie no tenía valor.

No es cierto —dijo la voz—. *Hace falta valor para conocernos a nosotros mismos.*

Rolabi estrechó la mano de Freddy y el dueño del equipo se puso rígido. Alfie contó que el silencio que siguió se prolongó unos sesenta segundos. Luego, sin una palabra, Rolabi apartó la mano de la de Freddy.

—Rolabi seguirá siendo el entrenador —dijo Freddy suavemente—. Yo... estoy deseando que empiece la temporada.

Y luego marchó.

Alfie se quedó mirando: ¿qué había visto Freddy?

El futuro.

Rolabi esperó hasta que se cerraron las puertas. Entonces se volvió al equipo como si nada hubiera ocurrido.

—Hoy trabajaremos la defensa. Antes de que pueda enseñaros las posiciones correctas y ciertas estrategias, tengo que enseñaros cómo defender. No son las mismas lecciones.

Dejó que se alargara el silencio, pero este no se prolongó demasiado. Había algo que «rascaba». Era demasiado sonoro como para ser un ratón. ¿Quizás una enorme rata? ¿Un perro callejero?

—¿Qué debe hacer siempre un buen defensor? —preguntó Rolabi.

Nadie contestó; todos prestaban atención a aquel

ruido. Alfie miró hacia la puerta cerrada del vestuario y vio que las bisagras se agitaban. Había algo dentro. Algo «grande».

Retrocedió un paso, pensando en el libro. En la isla había animales que vivían entre los *wizenards*: elefantes, leones, dragones, grifos. ¿Habría traído Rolabi con él algo así? Alfie esperaba que sí. Le habría encantado ver alguna criatura mitológica.

—Bueno… —dijo Peño—, ¿estar en su puesto?

—Antes de eso.

—¿Hablar? —apuntó Vin.

Twig miró la puerta, fascinado. ¿Qué habría allí dentro? ¿Un león? ¿Un basilisco? ¿Un hipopótamo?

—Antes de eso —insistió Rolabi.

Volvió a reinar el silencio. O, al menos, un silencio marcado por unos rasguños constantes y sofocados.

—Debe estar preparado —dijo Rolabi—. Siempre han de estar preparados. Un buen defensor debe ir un paso por delante de sus rivales. Tienen que pensar por delante de los demás y organizar una estrategia acorde. Han de estar siempre listos para moverse.

Hubo otro rasguño. La puerta se agitaba locamente.

—¿Puede abrir alguien la puerta del vestuario? —preguntó Rolabi.

Nadie se movió. Vamos, estaba clarísimo que nadie iba a ir a abrirla. No debía ser una buena idea. Pero… Alfie sintió que le cosquilleaban las manos a los costados. Pensó en el mensaje en la pared y en cómo lo había avergonzado esa mirada de Rolabi. Era un cobarde, pero ¿cómo podía evitarlo? Aunque fuera por un momento... La puerta empezó a sacudirse. Y él también. Una voz le dijo que corriera y se escondiera.

El valor solo cuenta para el cobarde.

Alfie estaba harto de tener miedo. Le daban miedo los ejercicios, el colegio, su casa. Cuando el equipo empezó a retroceder, él empezó a caminar hacia delante. Estaba temblando. El estómago bailaba dentro de sí una danza torpe.

Pero siguió andando.

—¿Qué haces? —preguntó Peño, incrédulo.

—Quiero ver lo que es —dijo Alfie.

La Ramita planta sus raíces.

Alfie agarró el picaporte de la puerta. Los sonidos cesaron. Por un momento, no oyó más que el reloj de bolsillo haciendo tictac detrás de él; lenta, extrañamente tranquilizador.

Abrió la puerta y del vestuario salió un tigre.

Se dirigió hacia Rolabi, moviéndose con una confianza sedosa y callada. Para satisfacción de Alfie, John el Grande huyó hacia las gradas. Pero Alfie se dio cuenta de que no estaba asustado. Para nada. El tigre era hermoso.

—Os presento a Kallo. Se ha ofrecido amablemente a ayudarnos hoy.

Kallo se volvió y recorrió el grupo con la mirada. Sus ojos eran de un hermoso color morado.

—Así que «es» un *wizenard* —susurró Reggie.

—Sí —dijo Alfie en voz baja.

—Rain, da un paso adelante —ordenó Rolabi.

Rain abrió mucho los ojos. Pareció que se lo pensó por unos momentos. Entonces dio un paso por delante del grupo, de mala gana. Le temblaban tanto las rodillas que Alfie pensó que se iba a desmayar.

Rolabi hizo rodar un balón hasta el centro de la cancha.

—El ejercicio es fácil —dijo Rolabi con calma—. Coge el balón. Kallo te defenderá. Haremos turnos y saldremos uno cada vez. Quiero que todo el mundo observe y tome nota de lo que pasa.

Rain se quedó pálido.

—¿Qué? Yo no me voy a acercar a esa cosa.

Kallo gruñó y sus ojos morados se entrecerraron.

—Kallo no va a hacerte daño —dijo Rolabi, pasando una de sus enormes y callosas manos por el cuello del animal y rascándole detrás de las orejas—. Es la mejor defensora que he visto en mi vida. Implacable y rápida.

Kallo empezó a caminar. Alfie observó sus movimientos relajados y fluidos, hipnotizado.

—Para ser un buen defensor, hay que ser como un tigre. El primero que consiga coger la pelota recupera la mano.

Rain se quedó allí de pie y sin moverse. Alfie estaba seguro de que se iba a negar. Puede incluso que abandonara el equipo y se marchara. Si lo hacía, es probable que los Badgers se disolvieran y que la temporada acabara antes de empezar.

El gimnasio latía de impaciencia.

Entonces Rain hizo un movimiento. Fue rápido, pero no lo suficiente.

Kallo le golpeó en el pecho y lo tiró al suelo, manteniéndolo allí. Mientras estaba tumbado, aturdido, le lamió la cara y se retiró, caminando hacia delante y hacia atrás delante del balón.

—Devon —dijo Rolabi.

A Devon no le fue mucho mejor, pero recibió el mismo lametazo de consolación en la cara.

—Twig —dijo Rolabi.

De repente, Alfie se dio cuenta de que Rolabi lo estaba llamando «Twig». Frunció el ceño. ¿No sabía Rolabi que odiaba tal apodo? Era insultante. Significaba que era un fideo. Un debilucho.

Alfie avanzó nervioso. Tenía preocupaciones más importantes.

Los ojos de Kallo seguían cada uno de sus movimientos. Su cuerpo ondeaba con la tensión de sus incontables músculos.

—Puedes hacerlo —se dijo Alfie.

Dio un paso brusco a la derecha y luego trató de

girar hacia la izquierda mientras pivotaba hacia el poste. No funcionó. Kallo se le lanzó encima al instante. El chico se rio mientras ella le lamía el lado de la cabeza con una lengua seca y áspera. Luego ella volvió junto a Rolabi y caminó adelante y atrás nuevamente.

Los jugadores avanzaron uno tras otro... Le llegó el turno a John el Grande, que se cruzó de brazos y se negó.

—No, no voy a hacerlo. Paso.

—Si pasamos de la dificultad, pasamos de la lección —dijo Rolabi.

—Entonces eso es lo que haré.

Alfie no estaba seguro de por qué había dicho nada. No le hablaba a John el Grande. Era una estrategia que funcionaba. Debería estar disfrutando a lo grande de que ahora el cobarde fuera John el Grande.

Pero la boca de Alfie se rebeló contra su cerebro, mucho más prudente: se lanzó.

—No está tan mal —dijo—. Es muy dócil.

—No me hables —se burló John el Grande.

Alfie alzó la mano.

—Solo trato de ayudar...

John el Grande se volvió hacia él. Sus ojos, ya pequeños y brillantes, se habían estrechado hasta convertirse en rayitas; en ellos había una cantidad sorprendente de odio. A Alfie lo tomó por sorpresa. Sabía que no le gustaba a John el Grande. Eso era evidente. Había asumido que era porque él era silencioso y tímido y porque jugaban en la misma posición. O porque él era diferente: un chico del barrio más rico jugando en Fairwood. Pero aquello era diferente. Era odio, oscuro y profundo.

El odio surge del miedo —dijo la voz.

«Tengo miedo», pensó Alfie.

Entonces tienes una oportunidad de tener valor.

Alfie inspiró profundamente. Se había enfrentado a un tigre. Podía enfrentarse a esto.

—¡No necesito tu ayuda! —dijo John el Grande, con una voz casi sinuosa.

Alfie sostuvo la mirada de John el Grande. Normalmente, habría mirado hacia otro lado. Cuando se encontraba con problemas, miraba sus zapatos o sus manos; cualquier cosa menos el origen del problema. Allí. En el colegio. En casa. Siempre miraba hacia otro lado. «Siempre.» Y nada cambiaba nunca.

—¿Te crees que ahora eres un chico duro o qué? —preguntó John el Grande.

Alfie vio que la mano de John el Grande se cerraba en un puño. Era del tamaño de una pelota de tenis; temblaba, apenas contendiendo las ganas de golpear algo. O, más precisamente, a alguien. Aun así, Alfie no se movió.

Por un momento, se imaginó a su padre, erguido sobre él, lleno de ira y frustración. Alfie se encogía delante de él. Pedía perdón. Se doblaba sobre sí mismo como una uva pasa. Pero ese día se enfrentó a los ojos de su padre.

—No quería decir nada en especial —dijo Alfie—. Me pareció que necesitabas ayuda.

John el Grande estalló. Empujó a Alfie en el pecho y lo lanzó volando. Alfie jadeó cuando golpeó el suelo con la rabadilla; sintió una punzada de dolor en la espalda. Se le llenaron los ojos de lágrimas. Rodó de lado, tratando de no llorar.

Peño dio un salto contra la espalda de John el Grande y le sujetó los brazos contra el cuerpo.

—¡Quieto, chico!

John el Grande siguió avanzando hacia Alfie, dispuesto a golpearlo. Jerome y A-Wall se acercaron, también agarrándolo por cada uno de sus brazos y tratando de echarlo hacia atrás a la fuerza.

—¡No necesito tu ayuda! —soltó John el Grande—. Crees que tienes todas las respuestas, ¿eh? Niño rico del extrarradio. Zapatillas nuevas, móvil nuevo. No encajas aquí. No te lo «ganaste».

Con cada palabra que escupía, se le estremecía todo el cuerpo. Tenía a los tres chicos colgados de él, uno en cada brazo y Peño en la espalda. Aun así, seguía luchando por acercarse.

Alfie se puso de pie. Una cosa le había llamado la atención en las palabras de John el Grande: que no se lo había ganado.

—¿De qué estás hablando? —preguntó.

—¿Sabes adónde voy después del entrenamiento? —dijo John el Grande, que escupió—. A trabajar. Tengo dos trabajos. Y, aun así, no puedo pagar las facturas. ¿Te has pasado alguna vez una semana a oscuras porque no podías pagar la luz? ¿Le has quitado el moho a tu comida porque no había otra cosa? ¿Has tenido que envolver a tu madre en mantas porque no puedes permitirte un médico?

—Yo…

—¡Esto es lo único que tengo! —gritó John el Grande—. ¡Y tú me lo quitas!

Alfie se dio cuenta de que los ojos de John el Grande estaban llenos de lágrimas. Ya no se veía al abusón de la clase. De pronto, vio a otro chico. Uno que llevaba mucha rabia dentro. Y dolor. ¿Y quién iba a culparlo por ello? A pesar de lo mucho por lo que había pasado Alfie, nunca había tenido que buscarse un trabajo. Y mucho menos dos. Nunca se había preocupado por las facturas, por la comida o por la ropa. Nunca se había tenido que preguntar si habría luz cuando volviera a casa.

John el Grande sí. Twig se dio cuenta de que lo había tenido todo en contra desde el principio. John el Grande lo «envidiaba».

—Freddy decidió quién empezaba —dijo Alfie en voz baja—. No es más que una cuestión de estrategia…

Trataba de hacer que John el Grande se sintiera

mejor, de justificar la situación. No funcionó. John el Grande cargó contra él, con los puños en alto. Alfie supo que lo iba a aplastar.

«Bueno, al menos no moriré como un cobarde», pensó.

Entonces Rolabi dejó caer una mano enorme sobre el hombro de John el Grande. Sus dedos lo agarraron como las mandíbulas de una grúa gigante. Levantó a John el Grande, a Peño, a A-Wall y a Jerome del suelo. A-Wall y Jerome se soltaron enseguida, pero Peño se agarró mientras Rolabi hacía girar a John el Grande para colocarlo frente a él. Y, aparentemente, lo hizo sin esfuerzo.

Alfie observó mientras John el Grande estaba allí colgado, sin sentir nada más que empatía.

En otro tiempo, Alfie hubiera disfrutado de la escena.

Rolabi dejó en el suelo a John el Grande y Peño lo soltó. Todos los miraron atemorizados.

—El miedo se endurece hasta convertirse en ira y violencia —dijo Rolabi—. Ha escogido por ti. El miedo de no ser suficiente. Echas la culpa a quien no la tiene. Pero valoro la honestidad. Perdonaré la violencia «una vez».

—No tengo nada que hacer aquí —soltó John el Grande entre dientes—. He acabado con este estúpido entrenamiento.

—Ya conoces las consecuencias.

John el Grande se dirigió al banquillo, volviendo la espalda al equipo.

—No me importa.

—Diez minutos en el vestuario —dijo Rolabi.

John el Grande se detuvo y miró hacia atrás.

—¿Qué?

—Ve a mirar tu reflejo durante diez minutos. Y pregúntale a ese chico con calma. Luego decide.

John el Grande dudó, pero se marchó en tromba al vestuario y cerró la puerta de golpe.

—Ninguno de vosotros ha podido coger el balón —dijo Rolabi, palmeando la cabeza de Kallo. Ella ronroneó con tanta fuerza que parecía que el parqué se estremecía—. Pero todos habéis mostrado auténtico valor. Es un buen comienzo.

Mientras Rolabi decía esto, sus manos reaparecieron. Alfie flexionó los dedos y sonrió; los demás dieron vivas e intercambiaron saludos secretos. Sin embargo, nadie se volvió hacia él, que se limitó a unir las manos. Aunque se alegraba de haber recuperado la mano, se sentía un poco solo.

Siguió mirando hacia el baño. Se preguntaba si John el Grande también se sentiría solo allí dentro.

—¿Por qué no habéis podido vencer su defensa? —preguntó Rolabi, interrumpiendo sus pensamientos.

—Porque es una tigresa —dijo Peño.

Rolabi sonrió.

—Pero ¿eso qué significa?

—Es fuerte —dijo Jerome.

—Y grande —añadió Vin.

—Ambas cosas son ciertas. Tenemos que trabajar nuestra fuerza y jugar siempre a lo grande. ¿Qué más?

Alfie seguía mirando a Kallo.

—Sus reflejos —dijo—. Reacciona muy rápidamente.

—Sin duda. ¿Cómo están sus reflejos, señor Zetz?

Alfie se lo pensó. No era algo sobre lo que hubiera reflexionado nunca.

—Bueno…, creo que son buenos —respondió.

Apenas habían salido estas palabras de su boca cuando Rolabi extendió su dedo índice. Un botón negro circular llegó volando hasta Alfie y le dio en la frente antes de que él pudiera moverse.

—Quizá no sean geniales —dijo Alfie dócilmente.

—Tus reflejos pueden perfeccionarse —replicó Rolabi—. Son una conexión directa e instintiva con tu cerebro. Un puñado de nervios, consciencia y estado de alerta. Entrénalos. El entrenamiento le dice a tu cerebro que esté preparado. Siempre.

Alfie sintió un escalofrío repentino. Miró las puertas, pero estaban cerradas. Hacía tanto frío…

—¿Qué es eso? —preguntó Jerome.

Alfie siguió la mirada de Jerome y se quedó rígido. Una bola negra flotaba en medio del gimnasio, tan oscura como una mancha de tinta. Parecía estar hecha de algún líquido. Se bamboleaba constantemente, cambiando de forma.

¿De qué tienes miedo? —susurró una voz rasposa. Alfie se estremeció involuntariamente.

—Es algo que todos querréis atrapar —dijo Rolabi—. No, es algo que todos «debéis» atrapar. —Se volvió hacia ellos, con los ojos relampagueando—. El que lo atrape se convertirá en un jugador mucho mejor. Pero no durará eternamente. Y si nadie lo atrapa, daremos vueltas a la cancha. —La señaló con la cabeza—. ¡Adelante!

Alfie no estaba seguro de querer atrapar el globo; de hecho, lo que quería era huir de él, pero, sin darse cuenta, se puso a perseguirlo. Asumió que era una carrera. Pero no lo era.

En cuanto el grupo se cerró, el globo se movió a una velocidad de vértigo, ondeando entre los jugadores como un pájaro enloquecido.

Nadie podía llegar cerca de él. Devon y A-Wall chocaron entre sí; luego Jerome tropezó con ellos y salió volando.

—No recordaba que el baloncesto fuera tan doloroso —gruñó Jerome desde el suelo.

En un momento dado, el globo cambió de dirección y voló directamente hasta la cabeza de Alfie. Él se sorprendió tanto que se apartó, para gran regocijo del resto del equipo. Se puso en pie de un salto, avergonzado, y se unió a la persecución. Era mecánica, frenética e imposible. Al final, el globo flotó un poco demasiado cerca de Kallo, que se lo tragó entero.

—Una auténtica defensora —dijo Rolabi con admiración—. Bebed un poco de agua. Vueltas y tiros libres.

Mientras el resto del equipo se arrastraba o cojeaba para coger sus botellas, Alfie se acercó lentamente hasta Kallo. Se había dado cuenta de qué era lo que lo atraía hacia ella: irradiaba seguridad. Era contagiosa, y él quería más. Le dio una palmada nerviosa, y ella ronroneó y le frotó la mano con el morro.

—¿De dónde es? —le preguntó a Rolabi.

—De un lugar muy lejano. De un lugar de nieve y arena.

Alfie miró al profesor.

—¿Una isla?

Él sonrió.

—Los cuentos para niños son a menudo el último reducto de la verdad.

—Me gustaría ir allí.

—Puedes hacerlo. Pero el viaje no es un camino fácil.

—No tengo miedo —dijo Alfie, aunque no estaba seguro.

—Claro que lo tienes. Si no lo tuvieras, no podrías volverte más fuerte.

Alfie miró hacia otro lado.

—Yo no soy fuerte.

—Todos somos fuertes —dijo Rolabi—. La vida es dura, así que tenemos que serlo. Lo único que ocurre es que a veces olvidamos nuestra fuerza.

Alfie consiguió esbozar una sonrisa y se fue a beber agua. Mientras dejaba a un lado la botella, la puerta del vestuario se abrió y John el Grande salió. Alfie se puso tenso, preguntándose si volvería a atacarlo.

—¿Qué ha dicho el chico del espejo? —preguntó Rolabi.

John el Grande vaciló.

—Ha dicho que me quede.

—¿Y?

—Y que me disculpe —susurró mirando a Alfie.

El odio se había relajado, pero aún estaba allí, dibujado en los rasgos de John el Grande.

Esta vez no impresionó a Alfie. No sabía cómo cambiar aquello, pero parecía una manera de empezar a saberlo.

—El chico del espejo es a menudo más sabio que el que lo mira —dijo Rolabi—. Pero es difícil escucharlo.

John el Grande agarró su mano derecha y la besó.

—Vueltas —dijo Rolabi.

Empezaron las vueltas y, como antes, todos fallaron sus tiros libres. Todos estaban empapados en sudor cuando Alfie se acercó para lanzar el último tiro libre, aparte de Devon.

Caminó hasta la línea del cuatro sesenta y vio el espejo debajo. De nuevo, allí estaba el chico nervioso, rodeado de compañeros burlones. Su padre se acercaba por el fondo, con aspecto severo y enfadado. Pero esta vez Alfie no esperó a que llegara. Cuadró los hombros y lanzó el balón.

Sssssh...

Alfie se relajó aliviado, observando cómo su sudor desaparecía en el suelo.

—Mañana trabajaremos la defensa en equipo —dijo Rolabi—. Descansad esta noche.

Se dirigió a las puertas delanteras con Kallo.

—¿Se... va a llevar el tigre a casa? —gritó Peño.

Las puertas se abrieron solas y Rolabi y Kallo salieron caminando.

—La verdad es que debería aprender a despedirse —murmuró Peño.

Alfie fue hasta el banquillo, agotado. Empezó a quitarse las zapatillas.

—Hoy hemos entrenado con un tigre —apuntó Peño.

Jerome fue el primero en reírse. Entonces el sonido empezó a extenderse por los banquillos; cuando llegó a Alfie, él tampoco pudo contenerse. Era todo tan ridículo que no sabía qué otra cosa hacer.

—¡Recita algo, Peño! —dijo Jerome.

Peño se puso de pie, oscilando y usando la mano

derecha como si estuviera dirigiendo su propia inter-
pretación. Improvisó otro verso y acabo señalando
dramáticamente a la pared norte. Alfie se rio: era la
primera vez que se reía dentro de Fairwood. Llevaba
jugando allí desde hacía casi un año. El lugar siempre
había sido un sitio en el que se sentía presionado, en
el que oía palabras crueles y fracasaba. Aquel día, por
una vez, había sentido fuerza.

Envió a su madre un mensaje para que lo viniera
a buscar y esperó en el banquillo, echando miradas
furtivas a John el Grande, que dijo muy poca cosa y
luego se marchó en silencio. Alfie se preguntó si iría a
uno de sus trabajos.

Después de unos minutos, Alfie cerró la cremallera
de su bolsa y salió. De camino, sintió un estremeci-
miento de orgullo. Se había enfrentado a un tigre… y
a algo a lo que temía mucho más. Y no se había echado
atrás. Alfie pensó en su padre y se preguntó si podría
encontrar el mismo valor en casa. Al salir, Reggie caminó para ponerse a su altura, echándose la bolsa sobre el hombro.

—Bueno, ¿qué piensas ahora de nuestro *wizenard*? —preguntó Reggie.

Alfie lo miró.

—Creo que me alegro de que esté aquí.

UNA ESTRATEGIA GANADORA

Lo que ves en el espejo
procede de la mente, no del cuerpo.

❖ PROVERBIO ㊻ WIZENARD ❖

$\mathcal{L}$a mañana era ya sofocante cuando Alfie se detuvo ante las puertas de Fairwood. El verano en el Bottom era muy variable: olas de calor seco y mortal que podían convertirse en capas de humedad a las pocas horas; ambas cosas se podían volver en cualquier momento fríos aguaceros que procedían del este. A Alfie le hubiera encantado que cayera algo de lluvia en ese momento. Parecía que era un día de calor mortal. Suspiró y se quedó mirando hacia las puertas de machacado metal que rezumaban oleadas de calor. Luego frunció el ceño.

Las puertas siempre habían estado destrozadas: la pintura verde musgo estaba parcheada, el metal que había debajo estaba marcado con el residuo de cien carteles diferentes del Gobierno, de cuando dejaron de promocionar cosas en el Bottom. Pero hoy las puertas estaban recién pintadas de un vivo color verde esmeralda. Cuando Alfie las abrió, no exhalaron sus quejidos habituales.

Entró, pensando aún en la pintura. Entonces vio un castillo.

Era una estructura piramidal con altas paredes de piedra, entradas en las cuatro esquinas y un elevado pináculo en el centro, sobre el que se encontraba un enorme trofeo. Todos los jugadores jóvenes de Dren lo conocían bien: el trofeo del campeonato nacional. Alfie se quedó mirándolo, nostálgico.

Entonces se dio cuenta de que no había nadie más en el gimnasio. Ni siquiera Reggie. Se extrañó.

—¿Por qué juegas a esto?

Alfie dio un salto, dejando caer su bolsa. Se dio la vuelta y vio a Rolabi apoyado contra la pared que estaba más cerca de la puerta, con los ojos fijos en el castillo de piedra.

—¿Lo ha construido usted? —preguntó Alfie.

—En cierto sentido —contestó él tranquilamente—. ¿Y bien?

—Yo…, bueno…, me gusta. —Alfie hizo una pausa—. En realidad, me encanta.

—¿Por qué? —preguntó Rolabi, mirándolo—. A

menudo, tus compañeros son crueles contigo. Tu padre te regaña y tú te sientes pequeño. No duermes antes de los partidos. Tienes miedo.

Alfie estaba a punto de preguntarle que cómo lo sabía; entonces recordó que Rolabi sabía muchas cosas que no tenían sentido. Trató de pensar. Todo lo que Rolabi había dicho era bastante cierto. Sin embargo, a Alfie le gustaba de verdad jugar al baloncesto. ¿Por qué? ¿Qué era lo que le encantaba? La respuesta surgió y lo sorprendió.

—Supongo que me gustar estar en un equipo. Incluso aunque no me quieran.

—¿Crees eso: que no te quieren aquí?

—Sí —murmuró Alfie—. Me dio esa impresión desde el primer día.

—¿Cuántos partidos te has perdido? —preguntó él.

Alfie pensó.

—Ninguno.

—¿Y entrenamientos?

—Ninguno —respondió, no muy seguro de adónde quería llegar Rolabi con todo aquello.

El entrenador colocó una mano fuerte sobre su hombro, callosa y áspera, pero amable.

—En este camino, Alfred Zetz, necesitan tu valor —dijo gravemente.

—Yo no tengo mucho valor…

—Yo creo que sí.

Alfie oyó movimientos y se volvió para ver a Reggie haciendo estiramientos junto al banquillo. Echó una mirada a Rolabi, que contemplaba el castillo de nuevo, como sumido en profundos pensamientos. Sintiendo que su conversación había terminado, Alfie se acercó a Reggie, pensando todavía en su respuesta. Realmente, lo que más le importaba era el equipo (era cierto), pero no sabía por qué.

Porque tienes mucho que dar —dijo la voz.

Sin saber por qué, Alfie sintió un nudo en la garganta, pero se lo tragó como pudo.

—Hola, tío —saludó Reggie—. ¿De qué hablabas con Rolabi?

—Creo que era de baloncesto.

Reggie se rio.

—Sí… Puede ser.

Alfie se quedó mirando el castillo admirado: rampas, murallas y pesadas piedras. No había marcas de arañazos en el parqué, ni herramientas, ni ninguna otra señal de cómo podían haber construido aquella estructura.

—Sí, tampoco estoy seguro de eso —dijo Reggie, señalando hacia la imponente estructura de piedra.

—Va a resultar muy difícil hacer un *scrimmage*.

—Había un castillo en el libro —señaló Reggie.

—Lo recuerdo. Pero no sabía que lo iba a traer.

Reggie se rio y tiró de su tobillo hacia atrás, estirando los cuádriceps.

—Anoche, mi abuela me preguntó que cómo iba el entrenamiento —dijo.

—¿Y?

—Le respondí que estaba siendo un poco raro.

—Te quedaste un poco corto —dijo Alfie—. ¿Qué te contestó ella?

—Dijo que, a veces, las cosas son raras porque no las entendemos.

Alfie se rio burlonamente y empezó a ponerse las zapatillas.

—Parece una mujer sabia.

—Lo es, creo. Quizás un poco optimista.

—¿Qué quieres decir?

Reggie dudó. Luego negó con la cabeza.

—Nada.

—¿Qué?

Se rascó la parte de atrás del brazo, una costumbre que Alfie conocía bien.

—Cree que yo puedo jugar en la DBL. Dice que valgo para ello. —Reggie suspiró—. Es gracioso, porque ni siquiera empecé en los Badgers. Le dije que lo estoy intentando, pero que no va a pasar.

—¿Quién lo dice?

Reggie señaló a su alrededor.

—Hay que ser realista. Estamos en el Bottom.

Hace falta un talento especial para salir de aquí. El talento de Rain. No se va a la DBL si eres un jugador de banquillo.

Se le quebró la voz al final. Miró hacia otro lado.

—Yo también creo que vales para ello, Reggie —respondió Alfie—. Eso es lo principal.

Reggie lo miró. Alfie vio que sus ojos grandes y oscuros eran como cristal.

—Gracias, Alfie —dijo con voz ronca.

Y luego se alejó, corriendo más rápido de lo necesario en un calentamiento normal.

Alfie empezó a estirar. Los miembros del equipo fueron llegando uno a uno. Incluso Peño y Lab llegaron por separado. Cada jugador saltaba cuando Rolabi hablaba, le comentaba algo y luego se acercaba al banquillo con la misma mirada desconcertada que Alfie creía tener después de que Rolabi le hiciera preguntas a él mismo. Cuando todos hubieron llegado, se reunieron delante del castillo.

Twig miró las rampas. ¿En qué consistiría el ejercicio?

— Hoy trabajaremos la defensa en equipo —dijo Rolabi.

Abrió poco ceremoniosamente su maletín y dejó caer un montón de cascos y almohadillas al suelo: cinco rojos y cinco azules de cada uno. Algo chilló dentro del maletín.

Rolabi lo cerró.

—Coged uno de cada, por favor —dijo señalando el montón de objetos—. Ajustaos bien los cascos.

No se dijo nada de titulares contra los del banquillo, así que Alfie cogió un casco azul y una almohadilla a juego. Luego miró para ver en qué equipo estaba: Peño, Rain, Jerome y John el Grande, que lo miró fijamente y con disgusto, por no decir odio.

«Estupendo —pensó Alfie—. Seguramente, mis propios compañeros me tirarán de la fortaleza cuando no esté mirando.»

—El juego es sencillo —dijo Rolabi—. Un equipo atacará el castillo y el otro lo defenderá. El equipo que consiga el trofeo en menos tiempo gana. El equipo perdedor dará vueltas a la pista mientras los ganadores lanzan a canasta. El equipo azul defenderá primero

Rain tomó la delantera, como era lógico. Dirigió al equipo azul hacia la rampa más cercana. Alfie tocó los muros al pasar; no eran de piedra. Eran gomosos y firmes, como las alfombrillas que su padre guardaba en el garaje. Su almohadilla defensiva cubría la abertura de la rampa casi al milímetro: no había manera de colarse por allí. Parecía que iba a ser fácil detener al equipo atacante.

Cuando hubieron subido la rampa, Rain los reunió en un grupo y asignó un hombre para cada una de las rampas más bajas; él se movería de un sitio a otro. La idea era avisar si alguien llegaba hasta ti.

—¿Qué ocurre si empiezan a intercambiarse y a mí me ataca Devon, o quien sea? —preguntó Peño.

Alfie estaba pensando lo mismo. De hecho, cuanto más lo pensaba, más complicado le parecía el juego. Mientras hubiera cinco defensores y solo cuatro rampas iniciales, el otro equipo podía escoger «por dónde» atacar. ¿Cómo podía impedir la defensa que los doblaran o incluso triplicaran?

—Tenemos que hablar entre nosotros —dijo Rain—. Aseguraos de gritar si alguien os adelanta.

Todos asintieron, pero había algo en ese plan que no convencía a Alfie.

—¡A por ellos, tíos! —gritó Peño.

Ya era demasiado tarde pare discutir. Alfie corrió hasta una de las rampas y alzó su almohadilla como un puente levadizo, moviéndose nervioso detrás de ella. La rampa que había escogido estaba en la parte de atrás, frente a las gradas. No podía ver al equipo. Estar allí de pie le daba vértigo.

¿Y si Devon iba hasta su rampa? Tiraría al suelo a Alfie.

—Empezad —dijo Rolabi.

La palabra pareció resonar alrededor de Alfie, rebotando en los suelos y paredes, y reverberando por todo el castillo. Entonces la escena cambió.

Alfie dio un paso atrás, sorprendido: el parqué se hundió y formó un foso alrededor del castillo. Surgió agua oscura y salobre que llenó el foso al instante. El suelo de la parte más alejada se estiró para convertirse en un estrecho puente que conducía directamente a la rampa de Alfie. Los muros de la fortaleza se convirtieron en bloques de piedra auténtica e incluso su camiseta y sus calzones se convirtieron en una brillante armadura de borde azul.

«Ay, madre —pensó Alfie, moviéndose inquieto—. Por favor, no le des una espada a John el Grande.»

—¡Cargad! —gritó Lab desde algún lugar invisible.

No tardó mucho en localizar a los atacantes que venían a por su rampa... Reggie y Lab. Cargaron a través del estrecho puente de madera, con las botas metálicas resonando sobre la madera.

—¡Socorro! —gritó Twig.

Casi le pasaron por encima, pero abrió mucho los pies y aguantó, haciendo fuerza contra el doble ataque. Reggie empujaba contra la espalda de Lab, lanzándolo hacia delante y moviendo los pies. Los dos chicos empezaron a hacer retroceder a Alfie. Sus pies se deslizaron sin parar rampa arriba.

Miró detrás de él, alarmado. Al cabo de unos segundos, lo habrían sobrepasado.

Entonces Alfie sintió que alguien lo golpeaba desde atrás, deteniendo la caída. Rain se había unido a la lucha.

Juntos empujaron hacia delante, usando la pendiente hacia abajo a su favor. De ese modo, condujeron a sus atacantes hacia el puente y el lúgubre foso. De pronto, Reggie cedió: abandonó a Lab y corrió hacia atrás por el puente. Reggie giró, dirigiéndose a otra rampa.

—¡Sigue atacando, Twig! —dijo Rain, que se echó a correr de nuevo.

Alfie afianzó las piernas y se lanzó contra Lab, tratando de evitar que sus pies se deslizaran.

—¡Ríndete, Twig! —dijo Lab entre dientes.

—¡Ríndete tú!

No era una gran respuesta. Lo cierto es que Alfie estaba un poco preocupado.

—No puedes aguantarme, Palito —dijo Lab, que empujó de nuevo.

Alfie enrojeció. Odiaba aquel nombre aún más que el de Twig.

—Estoy… perfectamente.

—Pareces cansado.

—Qué va —replicó Alfie, tratando de mantener la voz firme.

Se preparó para otro empujón, cuando Lab regresó y corrió por el puente hacia otra rampa. Alfie se cayó hacia delante, aterrizando sobre su almohadilla y deslizándose por la rampa como si fuera un tobogán. Gimió.

Y ahí acabó su valiente defensa.

—¡A-Wall se ha escapado! —gritó John el Grande.

—¡Y Lab! —dijo Alfie, poniéndose de pie.

—¡Ayudadme! —gritó Rain.

Alfie corrió rampa arriba. Llegó demasiado tarde.

Rain y Jerome estaban tirados en el suelo, aturdidos. Los cinco jugadores rojos levantaron el trofeo. Alfie se dio cuenta de lo que había pasado. Simplemente, habían vencido a un defensor y habían atacado por la parte débil del perímetro exterior. Eso dejó solo a Rain a la hora de bloquear la última rampa, pero no había podido hacer nada contra todo el equipo rojo. Los atacantes habían usado su ventaja.

«Ellos» encontraron el punto débil.

—No os preocupéis —dijo Rain, que se puso de pie—. Mejoraremos su tiempo.

—Un minuto y cuarenta y siete segundos —anunció Rolabi, con voz extrañamente amplificada—. Equipo azul, ahora atacaréis vosotros. Tenéis dos minutos para prepararos.

—Vamos —murmuró Rain.

Alfie siguió al grupo vencido hasta el foso. Creyó ver algo verde nadando en el agua y se apresuró a ir hacia el otro lado, tomando nota mental de vigilar sus pasos cuando lo cruzara otra vez. Oyó agitarse algo y miró hacia atrás. Se detuvo, asombrado.

Sin duda, aquello era un auténtico castillo: piedra,

mortero y madera, coronado por banderas carmesí que se agitaban a un viento imaginario. Parecía una versión en miniatura del castillo que salía en el viejo libro, al que llamaban el «castillo de Granity». Se imaginó a sí mismo como Pana, viendo el auténtico castillo por primera vez cuando vagaba por aquella playa llena de desperdicios. Descubrió que «quería» verlo.

El equipo azul formó una piña junto a los banquillos. Una vez más, Rain encabezó la marcha y estableció la misma estrategia que el equipo rojo: doblar en algunas rampas y vencer al defensor. Alfie no podía discutir la lógica que había en ello. No había manera de detener el ataque; la defensa estaba demasiado desperdigada. Obviamente, los defensores también se daban cuenta. Nadie apareció en ninguna de las aberturas. Alfie localizó la cabeza de alguien en el segundo nivel. Quizá más.

«¿Qué están haciendo allí arriba?», se preguntó.

—¡Empezad! —ordenó Rolabi.

—¡Aún no están preparados! —dijo Rain—. ¡Seguidme dentro!

El equipo azul cargó en fila india detrás de Rain. Peño soltó gritos de guerra y ánimo mientras corría. Al correr hacia la rampa más cercana, Alfie se cayó en la parte de atrás. ¿Cómo era posible que los defensores estuvieran tan poco preparados? Entonces se dio de bruces con la placa trasera de la armadura de John el Grande.

—¡Cuidado! —gritó John el Grande.

—Perdona —dijo Alfie, mirando a su alrededor—. ¿Qué hemos…? ¡Oh!

Enseguida vio el problema. Devon estaba de pie en la entrada de la rampa final; el resto del equipo rojo estaba alineado detrás de él, agrupando sus almohadillas en las espaldas de los demás. Alfie se dio cuenta de lo inteligente que era ese plan. El equipo rojo estaba bloqueando la única rampa que en realidad importaba.

Rain no pareció impresionado.

—¡Empujad!

Atacaron como un solo hombre, hacia delante. Alfie sintió que sus botas se escurrían sobre la piedra. Era como empujar contra una pared. El equipo rojo estaba más arriba… y Devon los aguantaba. Atravesarlos iba a ser imposible.

—¡Seguid empujando! —gritó Rain.

Pasó un minuto lamentable. Rain se negaba a admitir la derrota. Era admirable, pero insensato.

Habían sido más astutos que ellos.

Finalmente, Devon y el resto del equipo rojo avanzaron unidos y los mandaron a volar a todos. Cuatro jugadores aterrizaron encima de Alfie en un batiburrillo de codos y rodillas. El chico gimió y salió gateando de debajo del montón. El gran trasero de John el Grande había caído justo sobre su pecho.

—Se acabó el tiempo —dijo Rolabi—. El equipo rojo puede coger unos balones y empezar a tirar. Equipo azul, a correr.

Alfie suspiró y el equipo azul bajó por las rampas como un batallón prisionero. Se quitó el casco, lo arrojó a un lado junto con los demás y empezó a correr. Parecía que había pasado una hora y Alfie consiguió anotar un tiro libre para acabar con sus desgracias. Era un pequeño consuelo, ya que tuvieron que ver cómo el equipo rojo lanzaba y jugaba todo ese tiempo.

Alfie agarró su botella de agua y le dio un trago. Se dejó caer en el banquillo. Sentía los pies como si fueran de plomo. No podía con ellos. Rolabi se acercó a los banquillos.

Sabías que el plan iba a fracasar.

Alfie lo miró. Rolabi tenía razón. Había sospechado…

Tienes demasiado que aportar como para permanecer callado.

«Nadie me escucharía nunca…»

Porque saben que tú no te escuchas a ti mismo. Enfréntate a la oscuridad escondida.

Alfie frunció el ceño. No porque estuviera confuso, sino por que lo sentía. Un punto frío.

El camino se acerca.

Rolabi se dirigió al castillo y arrancó algo redondo de una piedra. Parecía una pequeña tapa. En cuanto lo hizo, la estructura empezó a desinflarse. Incrédulo, Alfie contempló cómo el castillo entero se encogía hasta convertirse en una arrugada bola de goma. Rolabi la recogió y la dejó caer en su maletín. Después se volvió hacia el equipo con ojos brillantes.

—¿Cómo debe estar siempre un buen defensor? —preguntó Rolabi.

—Preparado —dijo Reggie.

—Lo mismo vale para el resto del equipo. Si no estáis preparados, estamos perdiendo el tiempo.

Con esto, se dirigió bruscamente hacia la puerta, sin dirigirles una sola mirada más.

—¿Hemos acabado por hoy? —preguntó Peño.

—Vosotros sabréis.

Las puertas se abrieron de par en par y Rolabi desapareció en la mañana. La luz del sol entró un momento en el gimnasio y fue barrida por las puertas. Alfie sintió un escalofrío familiar y desagradable en los brazos.

Miró hacia arriba y se quedó inmóvil. El globo había vuelto.

Estaba flotando sobre el centro de la cancha como un agujero negro en miniatura, oscilando, ondeando, inestable. Alfie no podía apartar la mirada de él. Como un auténtico agujero negro, el globo parecía querer tragárselo inexorablemente.

Alfie se levantó, corriendo hacia el globo como si estuviera haciendo los cien metros lisos. Estaba a punto de alcanzarlo cuando el globo salió disparado fuera de su alcance. El resto del equipo se unió en su persecución. Una vez más, todo se convirtió en un caos mientras los jugadores se empujaban, gritaban y reían. Rain acabó en el suelo. Peño y Lab chocaron. John el Grande tropezó. El globo era demasiado astuto.

Finalmente, voló hacia una pared y desapareció.

Alfie se dejó caer al suelo, decepcionado.

—¿Aún os apetece un *scrimmage*? —preguntó Peño.

—No —dijo Rain, de mal humor—. Vámonos de aquí.

Nadie discutió. Alfie se sentó y se quitó las zapatillas, arrugando la nariz al sentir aquel olor tan amargo. Su madre iba a rociar de nuevo su bolsa con lavanda. Hizo una nota mental para sentarse lo más lejos posible de John el Grande al día siguiente. Él tenía un olfato excelente cuando se trataba de oler lavanda.

Alfie suspiró, apartó las zapatillas y sacó el móvil para mandar un mensaje a su madre pidiéndole que lo fuera a buscar.

—¿Una pérdida de tiempo? —preguntó Reggie en voz alta—. ¿Por qué?

Alfie alzó la cabeza, confuso. Reggie casi nunca alzaba la voz.

—Porque ha perdido —dijo A-Wall.

—¡A quién le importa! —se burló Rain—. ¿Qué tenía que ver este juego con el baloncesto?

—Todo —dijo Reggie—. Se trataba de practicar bien la defensa. Como equipo.

Rain se puso de pie.

—Fue un juego estúpido. Se defiende robando el balón. Y se gana anotando canastas. Anotando... «yo». Y no vamos a ganar nada si yo no practico mis tiros. Este es un año importante para mí.

—Quieres decir para «nosotros» —dijo Lab, un poco ofendido.

—Sí —dijo Rain—. Rain Adams y los West Bottom Badgers.

Salió en tromba, cerrando de un portazo. El resto del equipo cayó en un silencio melancólico. Alfie estaba asombrado.

Rain rara vez perdía los nervios. Alfie miró a Reggie para asegurarse de que estaba bien, pero se limitaba a negar con la cabeza. Alfie volvió a mirar hacia las puertas. ¿Por qué se había enfadado tanto Rain por un simple ejercicio?

El equipo empezó a marcharse. Reggie se acercó a Alfie y extendió el puño para hacer un saludo.

—Te veo mañana, Twig —dijo.

Alfie le golpeó el puño, sonriendo. Nadie le había hecho antes ese saludo.

—Sí —dijo—. Gracias.

—Supongo que, al fin y al cabo, no es necesario tener corazón para ser la promesa número uno —dijo Reggie.

Alfie se encogió de hombros.

—Quizá no. Aunque apuesto a que tienes que ser «más» que una promesa.

Reggie se quedó mirándolo un momento y luego se dirigió a la puerta, riendo.

—Twig, el sabio.

Jerome y John el Grande fueron los últimos en marcharse. Mientras caminaban hacia la salida, John el Grande se quedó rezagado, dejando que Jerome se adelantara. A Alfie se le aceleró el corazón. Nunca había estado solo con John el Grande. Agarró su bolsa y se dirigió a la puerta.

Casi había llegado cuando John el Grande se acercó a él.

—Así que sigues pensando en ser titular, ¿eh? —le dijo.

Alfie se quedó rígido. ¿Debería salir corriendo? No, eso es lo que haría el antiguo Alfie. Se dio la vuelta para encararse con John el Grande.

—No lo sé.

John el Grande caminó hacia él, entrecerrando los ojos.

—¿Y crees que te lo mereces? ¿Pasar por delante de mí? ¿En este lugar? ¿En el Bottom?

—No sé.

John el Grande se detuvo delante de él, mirándolo de arriba abajo, midiéndolo con la mirada.

—Ese es tu problema —repuso—. Que no sabes nada.

—¿Por qué la tienes tomada conmigo? —preguntó Alfie—. Ya sabes que yo no escojo ser titular o no.

—Porque este no es tu sitio. No eres un auténtico chaval del Bottom.

—Yo también vivo en el Bottom… —empezó a decir Alfie.

—En las urbanizaciones —le interrumpió John el Grande—. En la parte bonita. En la parte de los niños ricos. Y aquí estás, quedándote con más cosas. ¿Sabes dónde vivo, Twig? En el Bottom «auténtico».

John el Grande se acercó tanto que Alfie podía sentir su aliento en la cara.

—No tengo nada, tío. Nada. Solo el balón para sacarme de aquí. Y tú vienes y me lo quitas.

—Yo vengo a jugar al baloncesto —dijo Alfie—. No quiero llevarme nada.

—Pero lo haces. Y hasta que demuestres que mereces estar aquí, no lo mereces.

—Pues lo demostraré —dijo Alfie en voz baja, sosteniendo la mirada de los grandes ojos de John.

John el Grande pareció quedarse pensando. Abrió la boca, la cerró y luego resopló.

—Ya lo veremos. Vete a echarte un poco de carne encima de los huesos, chaval. No vas a hacer nada si sigues pareciendo un palo.

Las puertas se cerraron de golpe tras él, pero las palabras permanecieron allí. Alfie se sintió repentinamente cansado y débil. Su valor era un sueño lejano. Había tenido que echar mano de lo que no tenía para no retroceder ante John el Grande.

«Pensé que me estaba haciendo más fuerte —pensó tristemente—. Y no es así. No hago más que fingir.»

Fue hacia las puertas. Su padre le recordaría lo mismo más tarde.

Siempre lo hacía.

De repente, las puertas se movieron hacia arriba y quedaron fuera del alcance de Alfie. El suelo se inclinó y se llenó de cientos de minúsculos agujeritos. Alfie pegó un grito y se tiró al suelo mientras el gimnasio entero se balanceaba y giraba, como si un gigante hubiera agarrado el edificio y lo hubiera puesto de lado. Alfie empezó a deslizarse. Apenas consiguió agarrarse a dos de los picaportes, quedando colgado de ellos.

El suelo se había convertido en un precipicio.

—¡Socorro! —gritó—. ¡Que alguien me ayude! ¡John, Rolabi!

No hubo respuesta. Alfie se agarraba al suelo y miraba hacia la puerta, que aún permanecía derecha, como colgada en el borde del precipicio. Luego miró por encima de su hombro. La tierra de debajo estaba a treinta metros; era de ladrillo compacto. Se le llenaron los ojos de lágrimas y se le hizo un nudo en la garganta.

—¡Por favor! —chilló—. ¡Que alguien me ayude!

Se agarraba con desesperación. Fueron pasando los segundos. Le empezaron a doler y arder los dedos.

—¡Que venga alguien! —gemía.

Sabía que no iba a poder aguantar mucho más. No venía nadie. No le quedaba más que caer.

Apretó la frente contra el parqué. Tenía que llegar hasta allí. Tenía que intentarlo. Balanceó los pies hasta que encontró pequeños huecos en los que encajar los dedos. Y entonces empezó a trepar.

Los huecos estaban desperdigados y eran poco hondos. Tenía que estirarse y agarrarse con la poca fuerza que le quedaba. Los músculos le ardían. Le chirriaban los dedos. Pero no había más opción que seguir adelante, así que siguió trepando. Cuando finalmente llegó arriba y tocó las puertas, el gimnasio se enderezó y Alfie se encontró tirado boca abajo, en el suelo. Le temblaba todo el cuerpo, tenso, agotado.

Estamos trepando cada minuto del día. ¿Cómo podemos ser débiles?

Alfie yacía allí con la mejilla apoyada en el suelo, empapado de sudor, lágrimas y mocos. Era incapaz de mover siquiera un dedo. Sonrió. Por primera vez en su vida, se sintió fuerte.

❖ 6 ❖

ALGO QUE DECIR

Ni siquiera las voces más potentes pueden tirar un árbol.

❖ PROVERBIO ㉔ WIZENARD ❖

*A*lfie miró fijamente el espejo del cuarto de baño: su reflejo agrietado y marcado con manchas. Tenía el rostro más demacrado y cetrino que nunca. Feos granitos punteaban sus mejillas. Se pasó los dedos por encima, pensativo.

Se había ido del gimnasio la noche anterior sintiéndose fuerte, pero no le había durado. Su padre lo había hecho pasar por su «sala de éxitos», una habitación en el sótano llena de trofeos, cintas y medallas. Había sido un jugador de baloncesto federado y había tenido muchísimo éxito, pero nunca había conseguido llegar muy lejos. Todo era culpa de los entrenadores, de los compañeros de equipo. Jamás nada era culpa suya.

Sus dedos pasaron sobre un grano y la uña se detuvo encima. Quería reventarlo. No solo para deshacerse del grano, sino para deshacerse de algo. Para mirar su reflejo y gritar: «¡Tengo el control!». Trató de luchar contra ello. Quiso obligarse a parar. Pero la debilidad estaba allí y se tocó las mejillas.

Se detuvo a medida que empezaron a aparecer palabras en el espejo, escritas esta vez con tinta plateada.

El autocontrol empieza con pequeños pasos difíciles.

Alfie observó las palabras y bajó la mano. Después asintió y salió.

Para su sorpresa, advirtió que Rain estaba sentado en el banquillo más alejado. Alfie se sentó en el extremo y vio que Rain se quitaba el calzado. Rain miró un momento algo que había en el interior de su bolsa y su expresión se volvió… triste. Incluso culpable. Alfie se preguntó qué habría en la bolsa.

—¿Cómo te sientes hoy? —preguntó.

Rain se volvió hacia él, alzando las cejas.

—Bien. ¿Y tú?

—Nervioso, supongo. Ha sido todo un poco demencial. No sé qué esperar.

Rain se echó a reír.

—Sí… Es verdad, todo ha sido demencial. ¿Desde cuándo hablas?

—Siempre he hablado —dijo Alfie a la defensiva—. Lo que pasa es que nadie me quiere escuchar.

Rain pareció quedarse pensando.

—Entonces, ¿por qué no me estás evitando como el resto del equipo?

Alfie se puso de pie y se estiró, echando un vistazo a los demás.

—No creo que te estén evitando. Ayer te enfadaste. Eso está bien. Nos pasa a todos. A mí…, bueno…, muchas veces.

—Básicamente, dije que yo era el equipo.

Alfie agarró su pelota.

—¿Quién va a culparte? Es lo que te han dicho siempre.

Fue hacia la cancha, pasándose la pelota entre las piernas. No botaba mucho durante los partidos. Freddy le gritaba cuando lo intentaba. ¡Nada de triples! ¡Nada de botar el balón!

Su papel consistía en estar de pie junto a la canasta y rebotear.

Todo eso le agobiaba.

Lanzó un triple y anotó, sonriendo a su pesar.

—Chúpate esa, Freddy —murmuró.

—Reuníos a mi alrededor —dijo una voz profunda—. Dejad los balones.

Alfie miró el reloj. Ya eran las nueve. Rolabi había aparecido.

Alfie y Rain se unieron a los demás. Advirtió una serie de miradas siniestras dirigidas a Rain. Curiosamente, Alfie se sintió su defensor. Rain no era tan malo. Era un chulito, sin duda, pero la verdad es que a Alfie no le vendría mal serlo también un poco. Se preguntó si podrían hacerse amigos, dada la falta de opciones que tenía Rain en ese momento. Se colocó cerca de Rain como muestra de apoyo.

—Hoy vamos a trabajar el ataque —dijo Rolabi—. Empezaremos con los pases: es la base de todo el juego de ataque. ¿Qué tienen todos los buenos pasadores?

Alfie no tenía ni idea. Se consideraba un buen pasador, pero no estaba seguro de por qué. Se limitaba a lanzar la pelota allá donde se necesitaba y no pensaba en ello. Era seguramente porque no quería lanzar y que le sermonearan. Era la clase de jugador que prefería pasar el balón.

—La visión de juego —dijo Peño.

—Muy bien. Un gran pasador debe ser rápido, ágil y conciso. Pero, sobre todo, ha de tener una buena visión de juego. De lo que es y de lo que va a ser. En la pista, tiene que verlo todo.

Lab pareció confuso.

—Así pues…, ¿tenemos que practicar… para ver más?

—Sí —respondió Rolabi—. Y la mejor manera de empezar es no ver nada en absoluto.

De pronto, todo se oscureció. No era una oscuridad

nocturna, como cuando las farolas y la luna pintaban las calles del vecindario de Alfie con lúgubres tonos grises. Esta oscuridad era total, como si nunca antes hubiera habido luz y nunca la fuera a haber de nuevo. Total. Cerrada. Casi pesada. Alfie sintió un cosquilleo en la nuca y se giró cautelosamente.

En la oscuridad, no tenemos más que nuestros miedos.

Alfie se encogió.

«Nunca he visto una oscuridad así», pensó.

Es un buen punto de partida.

Alfie trató de permanecer tranquilo. Oyó respiraciones, pies arrastrándose y conversaciones susurradas mientras los demás discutían y se asustaban. Seguían en el gimnasio, nada había cambiado. Pero se sentía incómodo. Sentía como si algo lo estuviera acechando y le fuera a atacar. Tenía tensos todos los músculos.

Si te sientes así en la oscuridad, te sentirás así también en la luz. Has enterrado la inquietud.

De pronto, la oscuridad disminuyó, interrumpida por una luz parpadeante color naranja. Alfie se encontraba en un largo pasillo de tosco cemento y piedras arqueadas, con innumerables puertas de acero negro insertadas en las paredes. La luz naranja procedía de los extremos del pasillo, detrás y delante de Alfie, pero no podía ver su origen. Giró en redondo, con el corazón acelerado.

—¡Profesor Rolabi! —gritó.

Su voz resonó en ambas direcciones. Los dos caminos eran idénticos. Un pasillo infinito e incontables puertas. Las puertas no tenían marcas y eran negras como la noche, cada una con un sencillo picaporte de ébano. Alfie escogió una dirección y empezó a caminar, luego a correr y más tarde a esprintar hasta que el sudor empezó a gotearle.

Se detuvo y se dobló hacia delante, jadeando.

—Los riesgos dan miedo —dijo una voz profunda.

Alfie alzó la mirada y vio a Rolabi frente a él. Su cabeza rozaba el techo.

—¿Dónde estoy? —preguntó Alfie.

—Con todas las puertas que hay, y no has intentado abrir ninguna. ¿Por qué?

Alfie se enderezó, apretándose el costado, donde sentía un calambre.

—Bueno, es que no sé lo que hay detrás.

—Exactamente —repuso Rolabi—. Cuando tememos lo desconocido, lo evitamos. Dejamos que nuestros miedos definan las posibilidades que tenemos a nuestro alrededor. Imaginamos que esta conduce al fracaso. Esa, a la soledad. Aquella, al dolor. El mundo se vuelve cruel.

Alfie frunció el ceño, volviéndose hacia la puerta más cercana. Sin marcas. Amenazadora.

—Adelante —dijo Rolabi—. Suelta a otro tigre.

Con un solo movimiento, Alfie abrió la puerta de un tirón y entró. El espacio que lo rodeaba era negro, pero olfateó moho y podredumbre. Oyó a sus compañeros moviéndose por allí; por encima de ellos, la profunda voz de Rolabi explicando el ejercicio.

No supongas que la oscuridad contiene peligros.

Alfie pensó en ello. En que esperaba que John el Grande se burlara de él. O que su padre le diera una charla. Que le salieran granos. Que los reventaría. Siempre estaba esperando que pasase algo malo.

En cierto sentido, estaba siempre en la oscuridad. ¿Cómo podía salir de ella?

Abre puertas.

—Seguiremos hasta que gane uno de los equipos —decía Rolabi—. El equipo perdedor correrá.

—Nos está haciendo correr de verdad —murmuró John el Grande.

—No subestimes nunca el valor del sudor —dijo Rolabi—. Puede obrar grandes cambios.

Al oír tal cosa, Alfie reaccionó. Ya había estado pensando en el misterio de la desaparición del sudor durante dos días, así como sobre la imagen que había visto del corazón plateado que latía. ¿Estará Fairwood recogiendo su sudor? Si era así, qué asco. Y además, ¿por qué?

—Titulares contra el banquillo del año pasado —dijo Rolabi—. Los titulares empezarán. Buscad el balón.

Eso resultó ser todo un desafío. Alfie vagó como un zombi, con los brazos por delante, sobresaltándose cada vez que encontraba una pared, las gradas u otro jugador. Finalmente, tropezó con algo, saltó veinte centímetros en el aire y luego oyó que la pelota botaba alejándose.

—¡Está aquí! ¡Acabo de darle una patada! —gritó.

—¡Voy a por ella! —exclamó Lab, tras lo que se oyó una oleada de actividad—. ¡La tengo!

—Ahora, en posición —dijo Rolabi—. Alineaos bajo la canasta.

Tardaron otros tantos minutos en lograrlo. Alfie oyó a los defensores colocándose en posición, a media pista.

Todo el mundo hablaba, gruñía y se sentía totalmente desorientado en esa total oscuridad. Twig sintió que aquello iba a ser un desastre absoluto. Extendió la mano a su alrededor y sintió un hombro.

—¿Quién me está tocando? —gritó A-Wall—. ¡Apártate de mí, fantasma!

Alfie casi se disculpó, pero entonces se acercó más.

—¡Buuu!

—¡Ah! —gritó A-Wall, y Alfie tuvo que sofocar una risa.

—¡Vale, allá voy! —dijo Peño, aunque Alfie no tenía ni idea de hacia dónde iba.

Sin duda, fue un desastre. No solo su equipo perdió el balón, sino que Alfie se fue derecho contra un torso muy ancho y acabó con el culo por los suelos por segunda vez en tres días. Sintió un dolor agudo en la rabadilla, que aún le dolía de su último viaje imprevisto al suelo. Rodó y gimió.

—Lo siento —dijo Devon.

—No pasa nada —resopló Alfie, volviendo a ponerse de pie despacio.

—Cambiad —ordenó Rolabi.

Los del banquillo no conseguían llegar al medio campo.

—Hmmm —dijo Rolabi—. Quizá la oscuridad total nos ponga nerviosos.

Entonces, como caído del cielo, apareció un brillante globo escarlata, flotando a unos dos metros por el aire o sobre las gradas. Alguien lo cogió y la forma salió flotando a través de la oscuridad.

El brillo ayudaba. Alfie consiguió atrapar el balón al primer intento cuando llegó hasta él. Se lo pasó a Lab. Sin embargo, cuando llegaron al medio campo y al otro equipo, el juego se desorganizó otra vez. Era imposible encontrar a los compañeros. Lanzó la bola a las manos triunfales de Jerome; supo que era Jerome porque gritó:

—¡Robada!

Ni los del banquillo ni los titulares pudieron dejar atrás a sus defensores. Alfie había tropezado ya tres veces, pero estaba mejorando. Sus demás sentidos se habían adaptado algo. Descubrió que podía centrarse en las voces individuales y en la respiración de sus compañeros. Todos tenían su propio ritmo: una mezcla de chillidos, resoplidos y pequeños suspiros. Era la orquesta más extraña del mundo.

Finalmente, Peño consiguió abrirse paso y atrapar la pelota en el extremo más alejado. Las luces fluorescentes parpadearon y se encendieron. Twig parpadeó y se cubrió los ojos.

—El equipo de los titulares gana —dijo Rolabi—. Pausa para beber.

—¡Eso es, chicos! —gritó Peño.

Se acercó y sorprendió a Alfie chocándole la mano.

—Gracias —dijo Alfie, ruborizándose.

Rain ya estaba caminando hacia el banquillo. Alfie se dio cuenta de que se sentía solo. Él sabía lo que era eso. Se unió al chico y se puso a beber, acabándose la botella entera.

—Qué locura —dijo, limpiándose la barbilla.

—Sí —respondió Rain—. Aunque comparado con el del tigre, este ejercicio no ha sido nada.

—Es verdad.

—El equipo perdedor correrá al final del ejercicio. El equipo ganador decidirá entonces si quiere unirse a ellos.

Alfie miró a los jugadores del banquillo. Sabía lo

que estaba haciendo Rolabi: dando a los titulares la oportunidad de mostrar compañerismo y crear espíritu de equipo. Concretamente, a Rain. Sin embargo, a juzgar por el gesto amargado de aquel chico, no iba a aprovechar la oportunidad.

—Así pues, queda claro que, cuando estamos atacando, tenemos que aprender a escuchar —dijo Rolabi—. ¿Qué más?

—¿Anotar? —sugirió Rain.

—Sí, en último término —asintió Rolabi—. Pero... ¿algo más fundamental?

Alfie pensó en el propósito del ejercicio.

—¿Hablar?

—Exacto. Hablamos en la defensa, pero olvidamos hacerlo en el ataque. Twig, ven aquí, por favor.

Alfie sintió que se le encogía el estómago. ¿Por qué había tenido que decir nada? Dejó su botella de agua y se acercó a Rolabi arrastrando los pies, sintiendo sobre él los ojos de todo el equipo, incluida la mirada asesina de John el Grande.

—Quiero que le digas al equipo una cosa que te gustaría decirles. Una cosa «sincera».

Alfie miró a Rolabi. Nunca lo habían señalado así en los ejercicios.

—¿Qué clase de cosa?

—Puede ser lo que sea. Si no podéis ser sinceros los unos con otros, no podéis ser un equipo.

Alfie desvió la mirada, mordiéndose el labio. Tenía mucho que decirles, por supuesto. Quería decirles que no había comprado su puesto en el equipo y que no dormía algunas noches porque le ponía nervioso acudir allí. Quería decirles que, cada vez que había entrado en Fairwood la temporada anterior, se le encogía el estómago y tenía la sensación de que iba a vomitar. Quería decir que trataba de hacer las cosas lo mejor que podía. Pero no pudo decir nada de eso, no a ellos.

—Hummm…, bueno…, no se me ocurre nada.

El valor requiere vulnerabilidad. Abre una puerta.

—Sí se te ocurre —dijo Rolabi—. Estoy seguro de que se te ocurren muchas cosas. Di una para empezar.

—Pero… —dijo Alfie, moviéndose nervioso.

Déjales entrar.

Alfie inspiró profundamente y decidió decir lo primero que se le viniera a la cabeza.

—Vale…, bueno… He estado trabajando muy duro —dijo—. Sabéis, fuera de temporada. Y estoy tratando de ser mejor con todas mis fuerzas. Sé que quizá vosotros no queráis que vuelva esta temporada, pero estoy intentando ayudar al equipo de verdad. Quiero que lo sepáis, supongo.

Volvió rápidamente al banco, sin mirar a los ojos a sus compañeros. Estaba seguro de que alguien se reiría o gastaría una broma, sobre todo John el Grande, pero nadie lo hizo. El gimnasio permaneció en silencio.

—Jerome —dijo Rolabi.

Jerome se acercó y giró.

—Este año me gustaría intentarlo y ser titular.

Muchos dijeron ese tipo de cosas, relacionadas con el juego, pero unos cuantos llamaron la atención de Alfie.

Mirando directamente a Alfie, John el Grande dijo:

—Este año voy a ser titular y a arrasar.

Pero para Alfie, el más destacado fue Reggie:

—Supongo que quiero hacer que algunas personas se sientan orgullosas. Gente que ya no está, pero que podría estar observando. Y estoy trabajando duro, aunque no juego tanto. Es un poco idiota, ya lo sé, pero, bueno, me gustaría ganarme la vida jugando al baloncesto. ¿Sabéis? —Se movió incómodo, ruborizándose—. Es un sueño imposible, pero eso es lo que quiero.

Alfie le sonrió cuando regresaba al banquillo.

Rain habló el último: se disculpó. Tras un rato de acalorada discusión, parecía que todo el mundo volvía a estar satisfecho. Se reunió de nuevo con el grupo casi inmediatamente, intercambiando bromas con Peño. Alfie quedó olvidado, a un lado. Sonrió con tristeza. Casi había sentido que se estaba haciendo amigo de Rain, aunque solo fuera por un día. Estaba claro que aquello no iba a durar.

—Vamos a jugar un *scrimmage* durante una hora —dijo Rolabi.

—¿Sin trucos? —preguntó Peño, suspicaz.

—Solo para trabajar nuestra visión. Rain, Vin, Lab, A-Wall y Devon contra el resto.

Era una combinación extraña. Por desgracia, Alfie jugaba con John el Grande y «contra» Rain. Peor aún, tenía que marcar a Devon, que iba a machacarle. Twig se preguntó si aquel sería el nuevo quinteto titular. Se preguntó si lo habían cambiado, como esperaba, o si estaba a punto de ser descartado. Miró a Rolabi, pero el profesor estaba de frente a la cancha.

Alfie se imaginó la reacción de su padre y se estremeció.

«¡No has conseguido músculo suficiente! Te prepararé un batido», le gritaría.

Casi sintió el sabor del calcio en los labios.

—Nos fijamos en un actor y no vemos a otros que están en el fondo. Miramos una carta mientras el trilero coge una segunda —dijo Rolabi—. Miramos la bola, pero no vemos el juego.

Alfie se puso frente a Devon, suspirando interiormente. Aquello le iba a doler.

—Podemos ver mucho; sin embargo, decidimos no hacerlo —musitó Rolabi—. Es una decisión extraña.

Apenas habían salido aquellas palabras de su boca cuando Alfie se volvió a quedar ciego. No, ciego no. Había algo que tapaba la mayor parte de su campo visual, pero no la periferia. Era como si tuviera los dedos encima de los ojos, y como si los ojos tuvieran que escoger un lado u otro. Oía a los demás jugadores dando gritos alarmados. Los vio frotándose los ojos y dando vueltas sin ton ni son. Parecían niños pequeños tratando de marearse a propósito. Alfie intentó permanecer tranquilo. Era una prueba, y girar no le iba a ayudar en nada.

Tenía dos franjas de visión y debía usarlas.

Te estás convirtiendo en un maestro de los miedos. Pero ¿cuándo te enfrentarás al más profundo?

Alfie volvió a sentir el frío. La oscuridad.

—¿Listos para jugar? —preguntó Rolabi.

—No me veo la nariz —dijo A-Wall.

—¿Eso es lo que te preocupa? —murmuró Vin.

Alfie vislumbró un relámpago anaranjado cuando Rolabi lanzó la pelota. Saltó a por ella, moviendo las manos, pero solo atrapó aire. Perdió pie y aterrizó en una postura rara, tratando de atrapar la bola de nuevo cuando la oyó botar sobre una zapatilla. Devon gruñó cuando Alfie lo golpeó en la pierna.

—Por favor, no me hagas daño —dijo Alfie, tratando de ponerse de nuevo en pie.

Se dio la vuelta, intentando localizar el balón con su visión periférica. Vislumbró a Vin levantándolo. Alfie se dio cuenta de que tenía que volver a defender. Fue lentamente hasta el centro de la cancha, moviendo la cabeza hacia delante y hacia atrás para tratar de saber por dónde iba. Vio a Devon dirigirse al bloque y lo siguió. De un modo extraño, Alfie era más consciente de los jugadores que tenía a su alrededor, sobre todo porque no podía enfocar hacia dónde iba. Finalmente, se colocó detrás de Devon, plantando una mano tibia en su espalda para tenerlo localizado.

—¿Te importa? —preguntó.

—Nada —respondió Devon—. No tienes ni que preguntar.

—Estaba siendo cortés.

Hubo gritos repentinos. Alfie se dio la vuelta: Rain venía directo hacia él. Alfie entró en la zona para bloquearlo; luego Rain hizo algo muy inesperado: «pasó la pelota». El balón llegó hasta Lab, que estaba en la esquina. Este se tomó su tiempo y anotó un triple.

Alfie giró en redondo, buscando la pelota.

—¡Volvamos! —gritó Peño—. Twig, ¿dónde estás? ¡Lánzame la bola!

Alfie localizó el balón y sacó de banda. Corrió por el suelo tan rápido como pudo y trató de abrirse. Todos hablaban y daban órdenes. Lentamente, se fue dibujando una imagen del juego.

Era como construir un puzle mental.

—Jerome va hacia la izquierda.

—¡Estoy en la zona de tiro libre!

—¡Rain acaba de cortar!

Cada pieza quedaba archivada en la mente de Alfie;

luego, todas se ordenaban formando una imagen, que añadía a sus propios *flashes* de visión. Fue más despacio y esperó para actuar. Movió la imagen.

Cuando el balón llegó a Alfie, sabía que Reggie estaba en la parte derecha porque Rain lo había gritado. Sabía que Peño estaba cortando y que John el Grande trataba de abrirse para hacer un pase por detrás de él. Todos se movían mucho más lentamente que de costumbre; no tenían otra posibilidad. Alfie pasó la bola a Reggie y corrió hasta el otro lado, escuchando para conseguir pistas. Nunca se había centrado de manera tan consciente en las voces; no era necesario ver. Había otro juego en las palabras. Se revelaban las intenciones, se formaban estrategias, se preveían los problemas.

La bola volvió a su posición y John el Grande se movió pesadamente hasta la zona de tiros libres para bloquear. El juego se desarrollaba muy lentamente. Alfie siempre sentía un paso detrás de él en los partidos. Todo se volvía un torbellino de movimiento. Él jadeaba y sentía que no podía hacer nada en aquel caos.

Ahora parecía como si solo tuviera que detenerse y «pensar».

La siguiente decisión fue fácil. Bloqueó a Jerome, que rozó su hombro y cortó hacia la canasta. Peño pasó junto a su marcador y asistió a Jerome, que anotó una bandeja.

—¡Eso es! —dijo Jerome—. ¡Buen bloqueo, Twig! Eso es de lo que estoy hablando.

Alfie sonrió. Freddy siempre le decía que se quedara cerca de la zona y estuviera listo para recibir los rebotes. Pero eso ahora no tenía ningún sentido. Tenía que seguir el flujo del juego. Tenía que predecirlo.

Y así fue como continuó el *scrimmage*. Todos comprobaban hacia dónde iban. Luego, lo volvían a comprobar. Alfie se movía instintivamente: sabía que John el Grande haría un bloqueo, o que Jerome avanzaría y que él debería cortar para el pase. Cuando tenía el balón, no pensaba inmediatamente cuál era la manera más segura de «deshacerse» de ella. Repasaba sus posibilidades, tanto las que podía ver como las que oía. Recordaba por dónde corrían sus compañeros de equipo.

El juego tenía trescientos sesenta grados. Y él había estado jugando con la mitad.

En un momento dado, pivotó e hizo una bandeja a tablero… Entonces recuperó la visión total. Y lo mismo sucedió cuando volvió a anotar tras una buena lectura del juego. Pero cuando tiraba desde una mala posición o hacía una selección de lanzamiento, seguía teniendo la visión bloqueada.

Jugaron hasta que estuvieron empapados en sudor. Alfie no tenía ni idea de cuánto tiempo llevaban. No le importaba. Por una vez, se sentía como si estuviera jugando en un equipo «de verdad».

—Es suficiente —dijo Rolabi—. Coged las botellas y uníos a mí en el centro.

Alfie recuperó su visión normal y sonrió. Siempre había pensado que el baloncesto era una cuestión de fuerza, condiciones atléticas y talento. Pero ahora se daba cuenta de que entender lo que estaba pasando era más importante de lo que creía. Detrás de todo, había un juego de estrategia mental en el que no había reparado. Rolabi decía que tenían que ralentizar el tiempo.

Le había parecido un tópico sin sentido. Pero ya no estaba tan seguro.

—¿Quién ganó? —preguntó Peño, mientras se reunían alrededor del profesor—. Me he perdido.

—Ninguno —repuso Rolabi—. Y ambos. ¿Así es como jugáis normalmente?

—Claro que no —dijo Lab—. Nos estábamos moviendo a cámara lenta.

—La velocidad es relativa. Para los más rápidos, todo el mundo se mueve a cámara lenta. ¿Qué más?

—Hablamos…, hablamos mucho. Más que nunca —dijo Twig.

«Y eso me incluye a mí», se dijo. Había estado hablando todo el tiempo y ni siquiera había pensado en ello. Durante los partidos, casi nunca hablaba. Sin embargo, en este ejercicio, no había tenido otra posibilidad.

Rolabi asintió.

—Cierto. ¿Algo más?

—Nos repartimos por la cancha en ataque —dijo Peño—. Más pases en la zona. Pases abiertos… y esas cosas.

—Una opción natural cuando no se puede ver por dónde va uno —asintió Rolabi—. ¿Y al final?

—Teníamos que pensar dónde iban a estar… —dijo Rain— y dónde deberían estar todos. Teníamos que prever el juego.

—Cierto —dijo Rolabi—. Teníamos que ver más de lo que nos permiten nuestros ojos. Y ahora me merezco que deis unas cuantas vueltas corriendo.

El equipo del banquillo empezó a correr alrededor del gimnasio. Alfie miró a Rain, preguntándose si aprovecharía la oportunidad para demostrar que era un buen compañero…, pero no lo hizo. Alfie quería unirse a ellos, sentía que debía hacerlo, pero no quería ir solo. Se quedó mirándolos correr, abatido.

Era un auténtico cobarde.

Felizmente, Reggie anotó un tiro libre después de solo cinco vueltas

Rolabi sacó la margarita en su tiesto y la puso en el suelo.

—Otra vez no —murmuró Peño.

—Muchas veces más —dijo Rolabi—. Si queréis ganar, tenéis que lograr que el tiempo vaya más lento.

Se dirigió bruscamente a las puertas, con el maletín en la mano.

—Esta noche te llevas a la margarita a casa, Peño. Cuídala, por favor. Riégala.

Peño miró la florecilla como si fuera a devorarle mientras dormía. Mientras Rolabi se dirigía a las puertas, estas se abrieron de golpe, llenando la sala con una ráfaga helada de viento alpino. Y sal, advirtió Alfie. Podía saborearla en los labios. Alfie intercambió una mirada cómplice con Reggie.

Olía como una montaña junto al mar. Así que allí era donde Rolabi se dirigía.

«A casa.»

—¿Cuánto tiempo quiere que la miremos? —preguntó Rain.

Rolabi no miró hacia atrás.

—Hasta que hayáis visto algo nuevo.

Las puertas se cerraron de golpe y Alfie se estremeció mientras el resto de aire helado retrocedía. Los demás se pusieron a hablar. Alfie y Reggie se dejaron caer en el suelo junto a la margarita en su tiesto.

—No creo que me acostumbre nunca a esto —murmuró Reggie.

—¿Crees… que se ha ido allí? —preguntó Alfie.

—Si es así, quiero ir con él.

Alfie se rio.

—Y yo.

La voz de Peño interrumpió su conversación.

—¿Estás bien? —le gritó a alguien.

Alfie se volvió y vio que John el Grande ya se iba hacia la salida. Se volvió y miró a Peño con desdén.

—No, Peño. Esto es el Bottom. Las cosas no «están bien». Pero lo de ahí afuera no es ningún juego. Recuerda quién eres. —John el Grande observó fijamente a Alfie con sorna—. Voy a hacer unas cuantas horas extra en el trabajo.

Las puertas se cerraron de golpe y todo quedó en silencio. Alfie sintió un peso en el estómago.

Y entonces los jugadores empezaron a alejarse.

Rain, Vin, Lab, Jerome, A-Wall y Peño agarraron sus balones y empezaron a practicar el tiro. Normalmente, Alfie los habría seguido, pero esta vez no lo hizo. Acababa de entender lo de la flor.

Se había estado perdiendo los detalles, el modo en que los pétalos se curvaban suavemente hacia dentro en las puntas, el resplandor amarillo que emanaba del centro, brillantemente coloreado. Cuando Alfie fracasaba al intentar ir más lento y tomar nota cuidadosamente de cada fragmento de la flor, se estaba perdiendo la visión general.

Así que se quedó allí sentado con Reggie. Devon también permaneció junto a ellos. En un cómodo silencio. Alfie podía oír el sonido de los balones y del aro, los gritos y las risas. Sin embargo, dejó que el ruido se difuminara. No veía la flor crecer, claro, pero no importaba. La margarita centraba su atención.

Y ahora las raíces se extienden.

Alfie había perdido totalmente la noción del tiempo cuando un destello llamó su atención. Alzó la mirada. El globo había vuelto y estaba justo encima de la cabeza de Devon. El gimnasio quedó en silencio.

Devon estaba completamente inmóvil, sin mirar siquiera hacia arriba.

Alfie quiso decir algo, pero le daba miedo espantarlo. Entonces, sin previo aviso, Devon lo agarró, sonriendo mientras el líquido negro corría entre sus dedos como alquitrán.

Luego desapareció. Alfie se echó hacia atrás, asombrado. El gimnasio se llenó de ruido.

—¡Os dije que esto iba a ocurrir! —gritó Lab.

—¡Llamad a la policía! —dijo alguien.

Alfie se quedó allí sentado, contemplando el lugar, ahora vacío.

Reggie se inclinó hacia él.

—Has visto eso, ¿verdad?

—Sí.

—¿Qué se supone que le tengo que decir a la poli? —dijo Vin—. ¿Qué mi compañero de equipo se ha desvanecido en el aire?

En medio de los gritos y de las carreras hacia los banquillos, Alfie y Reggie permanecieron tranquilos.

—¿Crees que también se ha ido a la isla? —preguntó Reggie.

—Puede ser —respondió Twig—. Pero esa cosa parece... mala. No creo que lleve hasta allí.

—Espero que esté bien.

—Sí —dijo Twig—. Yo también.

Se oyó un *plop* y Devon reapareció, de pie en el centro de la cancha. Tenía los ojos vidriosos. Más allá de eso, parecía estar perfectamente. Agarró su bolsa, se la echó al hombro y se marchó sin decir una palabra. Todos se quedaron mirando, al parecer demasiado asombrados como para hacerle preguntas. Luego se marcharon, murmurando e incómodos.

Peño se acercó a la margarita y la recogió, le dirigió una mueca y se fue.

—Otro día divertido en el campamento de entrenamiento —gritó por encima del hombro.

Alfie y Reggie se quedaron solos. Se levantaron.

—Ha sido muy raro —dijo finalmente Reggie.

—Sí.

Reggie hizo una pausa.

—Si mañana vuelve el globo, ¿tratarás de cogerlo? Alfie no dudó.

—Sí.

—Yo igual —dijo Reggie, riendo.

Se fueron a cambiarse las zapatillas, dejándose caer en el banco más alejado. Ambos se quedaron allí sentados en calcetines, mirando fijamente el viejo parqué y el gimnasio silencioso. A Alfie se le ocurrió que nadie cerraba el lugar después del entrenamiento. Se preguntó si permanecería abierto toda la noche.

—¿Puedo preguntarte algo? —dijo Reggie. Se quedó un momento callado, moviéndose. Luego lo miró—. El otro día, cuando te pregunté sobre tus mejillas, ¿te enfadaste conmigo?

Alfie sintió el calor que le subía a la cara.

—No…, claro que no.

—Me sentí mal por la noche. No quería preguntarte nada personal…

—No debería haber contestado así —lo interrumpió Alfie—. Es… difícil hablar de ello.

—Solo quería asegurarme de que no estabas molesto.

Alfie cruzó las manos sobre el regazo, pensando. Nadie sabía lo de las lesiones que se hacía en la piel, excepto sus padres. Su madre había intentado hablar de ello con él, pero su padre no lo entendía. Había dicho que a los hombres no les importaba el acné. Se limitó a decirle que parara. Que se endureciera. De algún modo, aquello nunca parecía servir de nada. Pero Reggie le había contado a Alfie un secreto, había confiado en él. Quizá podría hacer lo mismo.

—Yo… me hago eso —murmuró.

—Oh —dijo Reggie—. Pero… ¿por qué? ¿Cuándo?

Alfie hizo una inspiración profunda. Buenas preguntas. Él se las hacía todo el tiempo.

—No sé cuándo empezó —dijo—. Simplemente

ocurrió. Me reventaba el acné, me lo quitaba. Aunque era peor, seguía haciéndolo. De algún modo, me hacía sentir mejor.

—¿Por eso tienes cicatrices?

—Sí —dijo Alfie, mirando hacia otro lado, incómodo—. No sé por qué lo hago. Supongo que… estoy enfermo.

—¿Se lo has dicho a tus padres?

—Un día me sorprendieron. Mi padre me dijo que los hombres no hacían eso.

—Lo he visto en los partidos —dijo Reggie con cautela—. Parece un poco intenso.

Alfie rio burlonamente.

—Eso es quedarse corto. Quiere que yo sea mejor, más fuerte y… todo eso.

Reggie asintió y se miró las manos. Se retorcían en su regazo, inquietas.

—Yo tuve algunos problemas cuando mis padres fallecieron. Bueno…, sigo teniéndolos. No duermo mucho. No me puedo relajar por la noche, ¿sabes? Además…, enfermo a menudo. Creo que me lo provoco. Pienso demasiado en ellos y se me revuelve el estómago. Acabo vomitando.

—¿Por qué te lo haces a ti mismo? —preguntó Twig.

—Para sentir dolor… o sufrir… No sé. Quizá para que el exterior se sienta igual que el interior.

Suspiró y miró a Alfie.

—Quizá los dos pensemos que merecemos dolor, ¿sabes?

Alfie se pasó los dedos por las mejillas. Sintió los bultos. Las cicatrices.

—Tú no lo mereces —dijo.

—Ni tú —repuso Reggie—. Quizá podamos recordárnoslo el uno al otro de vez en cuando.

Alfie sintió como si un peso que no sabía que estaba soportando se deslizara de sus hombros.

—Trato hecho.

Chocaron los puños. Alfie sonrió mientras se cambiaba de calzado. Pensó en su padre, en John el Grande y en todos los chicos que habían dicho que era un debilucho. Pensó en su propia voz interior, diciendo lo mismo, diciéndole que nunca sería fuerte. Su propia voz era la peor. Bien pensado, quizá llevaba demasiado tiempo escuchándolos.

7

LA HABITACIÓN OSCURA

Nunca dejes que otro defina tu propia identidad.

◆ **PROVERBIO 5 WIZENARD** ◆

Alfie estaba de nuevo en el vestuario. Ahora le gustaba estar allí. Lo habían limpiado a fondo los últimos días. ¿Quién lo había hecho? Ni idea. La sala estaba silenciosa. Aquel era su lugar. Los demás acostumbraban a cambiarse en la zona de los banquillos. Estaba pensando en el futuro. Solía hacerlo.

Solía pensar en su padre. Le decía que quería que su hijo fuera mejor que él. Sin embargo, Alfie pensaba que lo que su padre deseaba de verdad era tener otra oportunidad… a través de su propio hijo. A veces, su padre se quedaba solo en el sótano durante horas mirando los viejos trofeos y desempolvándolos. Había tenido mucho éxito en el instituto, pero no el suficiente.

Alfie temía no poder llegar nunca a su nivel. A menudo, esa idea lo mantenía despierto por la noche.

Le revolvía el estómago en la cena. Su padre siempre estaba allí, acosándolo, criticándolo, «empujándolo».

Alfie suspiró y se recostó contra la pared de ladrillo, sintiendo su calor reconfortante contra la espalda. Se dio cuenta de que no había estado pensando realmente en el futuro. Había estado pensando en el fracaso.

Eso era lo que había detrás de todas aquellas puertas; al menos en su cabeza. Diferentes maneras de fracasar.

Mientras cerraba la cremallera de su bolsa y se dirigía a la puerta, vio algo por el rabillo del ojo. Se quedó inmóvil. El globo estaba allí de nuevo. Y, esta vez, había venido solo por él. Lo sabía en lo más profundo de su ser.

Se volvió lentamente y se enfrentó a él.

El globo flotaba en la esquina del vestuario, más o menos al nivel de sus ojos. Alfie dejó caer al suelo su bolsa de deportes. El globo no se movió. Tampoco él. Inspiró profundamente para tranquilizarse.

E hizo su jugada.

Alfie se lanzó directo contra el globo y falló. Giró y lo persiguió por la habitación, corriendo, saltando y estirando las manos como un loco. Saltó desde el banco que rodeaba la habitación y se lanzó hacia arriba, tratando de cogerlo por arriba como si fuera un águila. Pero el globo escapaba, siempre fuera de su alcance, provocándolo. Alfie entrecerró los ojos y siguió persiguiéndolo.

Pronto le cayó el sudor entre los ojos. Se estaba preparando para atacar de nuevo cuando se acordó del día anterior. De la falta de visión. Es más, del modo en que las cosas se habían «ralentizado».

Consigue tiempo para ti.

Pensó en la flor e inspiró profundamente, soltando parte de la tensión de sus músculos. El globo se movió como una gota de agua en suspensión. Cuando Alfie se movió de nuevo, no se precipitó. Pensó en lo que haría el globo a continuación y en cómo respondería él, en cómo lo engañaría. El globo lo evitaba, pero él no ponía todo su esfuerzo en una persecución ciega. Lo observaba allá donde iba. Lenta y meticulosamente, descubrió un patrón. Si cargaba contra él, el globo iba hacia la izquierda, otra vez a la izquierda y a la derecha. Izquierda, izquierda, derecha.

«Izquierda, izquierda, derecha.»

Alfie sonrió. Acababa de ir hacia la derecha.

Atacó, fintando ir hacia la derecha, pero extendió la mano hacia la izquierda al mismo tiempo. El globo se precipitó hacia sus dedos extendidos y el vestuario quedó a oscuras.

Alfie estaba de pie en un suelo liso de cemento que se extendía hacia las sombras que había a su alrededor. No había paredes ni techo. Solo suelo, espacio y un frío que se le pegaba a los pulmones y le recorría la piel con dedos helados. ¿Dónde estaba? ¿Por qué estaba allí?

No había puertas ni pasillo. Aquel lugar parecía muy profundo.

Alfie se dio la vuelta y se vio a sí mismo en un espejo. Su reflejo lo contempló a su vez: larguirucho y pálido, con fieras manchas rojas en las mejillas y un labio inferior tembloroso. Tenía el pelo graso pegado a la frente. Tenía un aspecto enfermizo. Los hombros estaban hundidos y doblados. Su postura era de derrota. Sobre el espejo se formaron espontáneamente unas palabras en tinta plateada:

débil perdedor patético

El reflejo de Alfie empezó a gritarle aquellas palabras.

Se tapó instintivamente los oídos, pero no podía darse la vuelta. Estaba fijo en el espejo.

Su reflejo volvió a cambiar. Su cuerpo se llenaba de músculo y grasa. Las mejillas se aclaraban y se endurecían. Le crecía vello facial y sus ojos se tornaban duros y oscuros. Ya no era Alfie. Ahora era su padre.

Tenía la cara surcada por algo que Alfie conocía muy bien: la decepción. Siempre la llevaba con él. Estaba sobre todo en sus ojos, pero también en la línea dura de su labio velludo, en los brazos cruzados, en la cabeza ladeada. En las palabras frías que salían de su garganta. Todo ello listo para decirle que era un «debilucho».

—Lo estoy intentando —soltó Alfie, sintiendo que se encogía ante su padre—. Lo estoy intentando.

—Era una poderosa imagen para ti. El espejo. Me preguntaba por qué.

Alfie giró en redondo. Rolabi estaba de pie junto a él.

—No me gustan los espejos —dijo Alfie en voz baja.

—¿Por qué?

El chico miró de nuevo hacia la imagen de su padre. Él seguía allí, pero borroso, como si las gotas de lluvia corrieran sobre el cristal. Alfie se dio cuenta de que le lloraban los ojos. Ni siquiera sabía cuándo había empezado.

—Porque no me gusto —dijo.

—Qué extraño que no nos gustemos a nosotros mismos. Somos las únicas personas que llegamos a conocernos de verdad.

Alfie frunció el ceño.

—Puedo ver a otras personas. Es evidente que hago comparaciones. Soy un perdedor. Sé que usted, o el gimnasio, o la grana, o lo que sea, han estado tratando de ayudarme. Y ha habido momentos en los que me he sentido más fuerte. Pero es una causa perdida. Míreme. Sigo siendo débil.

—Vives en un mundo enmarcado dentro de tu mente. Eres el amo de tu percepción.

—¿Qué se supone que significa eso? —preguntó Alfie, en voz más alta de lo que pretendía.

—Significa que has decidido que eres un perdedor. Puedes cambiar de opinión.

Alfie hizo un gesto hacia el espejo, donde el rostro de su padre apenas era visible.

—No importa. No soy como él.

—Estamos dentro de tus miedos. ¿Es ese tu miedo: no ser como él?

—Por supuesto —respondió Alfie—. No quiero dejarlo en mal lugar.

—Acércate más.

Alfie miró el reflejo. Al hacerlo, el reflejo empezó a moverse de nuevo. El pelo corto de su padre creció y se hizo más escaso. Sus ojos oscuros se suavizaron. La barriga se derritió junto al músculo y sus pómulos se convirtieron en crestas. Alfie dio un paso hacia atrás. Se estaba contemplando a sí mismo, pero a la misma edad que su padre. Parecía «decepcionado». Alfie se miró a sí mismo, horrorizado y absorto.

—¿Ese… soy yo? —musitó.

—Si sigues por donde vas, sí.

Alfie sintió que se le llenaban los ojos con más lágrimas. Eran lágrimas de culpabilidad. Ahora conocía la verdad.

—No me da miedo no ser como él —murmuró Alfie.

—Entonces ¿qué?

Alfie dudó. Decirlo en voz alta le parecía una traición.

—Me da miedo «ser» como él.

Era cierto. Su padre estaba anclado en el pasado. Estaba enfadado y pesaroso. Gritaba a Alfie y a su madre. Iba a trabajar, pero odiaba su trabajo. Alfie había dejado de admirar a su padre hacía mucho tiempo. Había empezado a estar resentido con él. Y, en cierto modo, a compadecerlo.

—Tú eres tú mismo —dijo Rolabi—. Si te pasas todo el tiempo persiguiendo la sombra de otro, ¿cómo vas a llegar a encontrar tu propia luz?

Alfie vio que el espejo se movía de nuevo para reflejar su cuerpo larguirucho. Se quedó mirándolo fijamente.

—Tengo puestas en ti grandes esperanzas, Alfred Zetz. Vas a necesitar todo tu valor.

—Sigo asustado —susurró Alfie.

—Por ahora.

Con estas palabras, la oscuridad desapareció. Alfie estaba de nuevo en el vestuario, mirando su mano vacía. Sabía que no había vencido su miedo. Pero lo había visto. Ahora se daba cuenta de que todo el tiempo había tenido miedo del monstruo equivocado. Se acabó. Debía enfrentarse a aquella pregunta más profunda: ¿por qué no se gustaba a sí mismo? ¿Y cómo podía empezar a mejorar?

Agarró su bolsa de deporte y salió al gimnasio. Vio a Rolabi de pie junto a la puerta principal. Le hizo un gesto con la cabeza y Alfie se lo devolvió, cogió su balón y fue a calentar. Rain fue el último en llegar. Entonces, Rolabi caminó vivamente hasta el centro de la cancha.

—Reuníos a mi alrededor —dijo—. Hoy trabajaremos los tiros.

Rolabi metió la mano en su maletín y sacó una pelota con una W en ella. Entonces sus ojos se posaron sobre Devon.

—Hmmmm —dijo Rolabi—. Esto va a ser fascinante.

Le lanzó el balón a Devon. Y justo cuando este tocó su mano, Fairwood desapareció.

Esta vez, Alfie no cayó en medio de una habitación oscura. Estaba en lo alto de una montaña, junto con el resto del equipo. Admirado, observó a su alrededor. La montaña era estrecha, más bien como un árbol de piedra. Se alzaba a tal altura que las nubes flotaban a su alrededor como distantes copos de algodón. Frente a la cima, había una segunda torre de piedra con un tablero y un aro solitarios. Entre las dos, solo el espacio frío e infinito. A Rolabi no se le veía por ninguna parte.

Los demás empezaron a discutir, pero Alfie se acercó al borde. Tenía el corazón en la garganta, como si fuera un corcho, pero estaba tratando de pensar. No había ningún lugar así en Dren. De eso estaba seguro. Alrededor de ellos, las nubes flotaban hacia el horizonte, enmarcadas en un cielo azul oscuro. El sol era pálido y las estrellas cubrían el firmamento. Alfie podía extender la mano y agarrar una.

Un tremendo crujido, como un trueno, rompió el aire. Casi se cae por el borde. Alfie se dio la vuelta justo cuando un trozo de roca se partió de la montaña y las nubes se lo tragaron alegremente. No lo oyó aterrizar. Más crujidos profundos quebraron la cumbre de la montaña, avanzando hacia el equipo como si fueran una planta trepadora. Alfie miró el espacio entre el acantilado y el aro.

—Tenemos que hacer algo —dijo, interrumpiendo en seco la discusión que había entre sus compañeros.

Todos lo miraron.

—¿Como qué? —preguntó Vin.

—No sé —contestó Twig.

Pensó en lo que había dicho Rolabi. Lanzar. Y había un aro…

—Se supone que tenemos que practicar tiros a canasta, ¿no? Quizá tengamos que lanzar el balón.

Hubo otro crujido atronador.

—Lanza, Rain —dijo Reggie, y Devon le arrojó de inmediato la pelota.

Un enorme trozo de piedra se partió, y la plataforma se encogió más de tres metros. El equipo se arremolinó, formando una pequeña U alrededor de Rain, que se dispuso a lanzar. Estaba temblando. Alfie supo que iba a fallar. El tiro de Rain sonó metálico en el aro y el balón cayó hacia las nubes.

Alfie se asomó por el borde.

—Esto no va bien…

Bruscamente, la pelota volvió a aparecer y aterrizó en las manos de Vin. Él se quedó mirándola, con los ojos muy abiertos.

—¡Sigue tirando! —le animó Twig.

Vin falló. Otros fallaron después de él. Nadie era capaz de anotar.

El balón le llegó a Alfie.

«Alguien tiene que abrir la puerta.»

Se adelantó e inspiró profundamente. Le temblaban las manos, así que inspiró de nuevo, tratando de tranquilizarse. Sabía que lo que hacía fallar a los chicos era el miedo. Pero él siempre estaba asustado cuando tiraba… Le asustaba fallar, que lo taponaran o que le gritaran. Conocía bien aquella sensación.

Realmente, ¿cuál era la diferencia? El miedo era el miedo.

—¡Date prisa! —gritó Peño, mientras otro crujido volvía a quebrar la montaña.

El viejo Alfie hubiera alzado la pelota para lanzar inmediatamente. Pero luchó contra la prisa y puso en práctica su rutina. Botó el balón, inspiró una última vez y se enderezó para tirar: anotó.

—¡Muy buena, Twig! —dijo Reggie, dándole una palmada en la espalda.

Alfie retrocedió, impresionado por haber sido el primero y esperando que la montaña se desvaneciera. Pero no fue suficiente. Nada cambió. Al parecer, tenían que anotar todos.

Y los demás seguían luchando. Rain falló otra vez. La montaña se encogía cada vez más deprisa. Ya era más o menos del tamaño del dormitorio de Alfie. Devon falló una vez más. Luego Lab. Luego Rain.

Siguieron lanzando. Pronto solo quedaron Rain, Lab, Peño y Devon. Peño anotó y alzó el puño. Se hundió otra parte de la montaña. Ya no quedaba mucho tiempo.

Alfie imaginó cómo sería caer entre aquellas nubes lejanas y se sintió mareado. Rain volvió a fallar.

—¡Venga ya! —gritó Rain, incrédulo.

Devon falló. Lab anotó y su hermano mayor le dio un abrazo. Cayó otro trozo de la montaña. Ahora Rain y Devon (los últimos que faltaban por anotar) tuvieron que apretar la espalda contra el grupo mientras tiraban para no caerse. Rain lanzó y el tiro se salió por el aro.

—¡No! —gritó Vin.

La pelota llegó a Devon. Mientras la alzaba, Alfie se dio cuenta de que no estaban enfocando aquel ejercicio como un equipo. Mirar, gritar y enfadarse unos con otros no servía de nada.

Aquello no iba de hacer tiros individuales. Si lo fuera, ¿por qué iban a estar todos allí? Se abrió paso hacia delante.

—¡Esperad! —dijo Alfie, acercándose a Devon.

Devon lo miró sorprendido, pero bajó el balón.

—Respira —dijo Alfie, bajándole suavemente el hombro—. Mete el brazo. Sí… Perfecto. Y mira recto a la canasta. Haz girar la muñeca al final. —Le mostró cómo tenía que hacerlo—. Gírala como si la fueras a dejar caer allí.

Apenas podía creerse que estuviera dando consejos a nadie, pero Devon lo escuchó con atención, mirando lo que hacía Alfie. Y lanzó. La bola golpeó el aro, rebotó contra el tablero y cayó dentro. Devon rio y le dio una palmada en el hombro…, tan fuerte que empujó a Alfie hacia el borde. Se le escurrió la zapatilla y sintió el vacío, manoteando como un loco.

Devon lo agarró por la camiseta y lo arrastró de vuelta a un lugar seguro.

—Perdona —dijo Devon.

Alfie consiguió sonreír débilmente.

—No pasa nada.

Rain avanzó en el momento en que caía otro enorme trozo de piedra. No quedaba más tiempo. El siguiente pedrusco se llevaría consigo al equipo entero. La pelota voló hacia arriba y aterrizó blandamente en las manos de Rain.

—¡Hazlo, Rain! —gritó Peño.

Hubo un profundo crujido entre sus pies. Los huesos de la montaña estaban cediendo.

—¡Rápido! —dijo Vin.

La tierra se movió.

—¡Tira! —gritó A-Wall.

—Tranquilo —susurró Alfie.

Rain lanzó justo cuando el último crujido surcó el aire. La montaña vaciló y osciló hacia atrás. Alfie vio cómo la pelota giraba hacia la canasta, preguntándose si iban a morir todos. Agarró el brazo de Devon y sintió aire en su espalda. La pelota seguía avanzando.

Sssssh...

La canasta tembló y la montaña desapareció.

Estaban de nuevo en el Centro Comunitario de Fairwood. Sus compañeros se dejaban caer al suelo o vitoreaban y reían como locos. Alfie no hizo ninguna de las dos cosas. Se quedó allí de pie, pensando que era posible que aquel día hubiera logrado más cosas de las que había conseguido en toda su vida. Rolabi estaba esperándolos tranquilamente.

Y ahora el árbol se estira hacia el cielo.

—Bienvenidos de nuevo —dijo—. ¿Qué es lo que convierte a alguien en un gran tirador?

—¡Casi nos mata! —gritó Vin.

—Twig, ¿tú que piensas? —preguntó Rolabi, ignorando el histerismo de Vin.

Alfie pensó en ello.

—¿Estar en forma?

—Un buen tirador lo necesita, sin duda. Pero para tener grandeza, es necesario algo más.

Conoces la respuesta. ¿De qué carece un gran tirador?

Alfie estaba confuso. ¿Por qué iba a «carecer» de nada un gran tirador?

—De miedo —dijo Devon—. Carece de miedo.

Alfie casi se ríe. ¡Por supuesto!

—Todos los grandes tiradores carecen de miedo. Si les da miedo fallar, o que taponen su tiro, o perder, entonces no tirarían. Incluso aunque lo sientan, lo rechazan. Permitirían que el miedo moviera sus hombros y convirtiera sus dedos en piedra. Nunca serían grandes. ¿Y cómo nos deshacemos de nuestros miedos?

—Nos enfrentaremos a ellos —dijo Devon.

Rolabi asintió.

—Sí. Y una cosa que todos tememos es fallar a nuestros amigos. En el baloncesto, todo trata de enfrentarse al miedo. Si no nos enfrentamos a él, perderemos. Practicaremos mil tiros. Diez mil. Veinte mil. Si los lanzamos todos desde una montaña que se derrumba, nos convertiremos en grandes tiradores.

Alfie pensó en aquello. Era el núcleo de todo su juego. El miedo a perder, a la humillación. Era lo que regía sus decisiones en la cancha. Sin ese miedo, podría limitarse a «jugar».

Rolabi caminó hacia la pared, con el maletín en la mano. Las luces parpadearon y él desapareció.

Alfie se volvió hacia Reggie.

—Casi.

—Sí —dijo Reggie—. Es una locura, ya sabes..., lo que piensas.

—¿A qué te refieres?

Él vaciló, bajando la voz.

—Cuando me estaba cayendo, pensé: «Todavía no he acabado».

—Y aquí estás.

Fueron juntos hacia el banquillo. Alfie se dio cuenta, para su sorpresa, de que se habían hecho amigos, amigos auténticos, casi sin darse cuenta. Había pasado mucho tiempo pensando en cómo conseguir un amigo. Decir cosas ingeniosas. Y, al final, no consistía más que en abrirse.

—Lo cogiste, ¿verdad? —preguntó Reggie de pronto—. Cogiste el globo.

Alfie lo miró, frunciendo el ceño.

—¿Por qué lo dices?

—En aquella montaña, eras un chico diferente —dijo—. Un líder.

—No soy un líder.

—Pues lo juraría —repuso Reggie.

Alfie se ruborizó y apartó la mirada. Vio que Rain se dirigía al aro más cercano con el balón bajo el brazo. Tenía una mirada de intensa concentración, de rabia incluso.

—¿Qué estás haciendo, Rain? —preguntó Peño.

Rain se detuvo en la línea de tiros libres.

—Lanzar.

Empezó a tirar, agarrando la pelota y volviendo a la línea cada vez que anotaba o fallaba. Todos cogieron sus balones y se unieron a él, incluido Alfie. Mientras empezaba a tirar, se puso a pensar en el futuro.

«Su» futuro.

8

LA SOMBRA DE ALFIE

*Aunque no estés seguro de tu destino,
puedes seguir caminando igualmente.*

✦ PROVERBIO ⟨38⟩ WIZENARD ✦

$\mathcal{A}$lfie levantó la bola por encima de su hombro, dio un paso lateral a la izquierda y pivotó para hacer un tiro en suspensión. Anotó y agarró el balón cuando cayó, sintiendo que el sudor se le escurría junto con cierta decepción.

Hubiera querido enfrentarse a su padre la noche anterior. Lo había planeado, se lo había dicho a sí mismo y estaba preparado cuando se abrió la puerta de la casa. Pero su determinación desapareció en cuanto lo tuvo delante. De modo que Alfie había caminado entre los trofeos, había hablado sobre dietas de muchas calorías y había escuchado sus viejas historias. Y, al hacerlo, se dio cuenta de que aún tenía un largo camino que recorrer.

Pero no todo era malo. Aceptar que tenía miedo de acabar como su padre era un principio. Sabía contra lo que estaba luchando. Eso le hizo albergar la pequeña esperanza de saber que podía superarlo.

Las puertas delanteras de Fairwood se abrieron de golpe. Alfie contempló admirado cómo entraba una oleada de nieve que llenaba la cancha con formas borrosas de trofeos, balones y montañas cubiertas de nubes. Un jugador hecho de nieve pasó driblando junto a él, esquivando a un tigre. Luego, junto con todo lo demás, se convirtieron en copos de nieve y se evaporaron. Rolabi entró por las puertas, que se cerraron de golpe tras de sí.

—Debe de estar nevando en el reino de Granity —dijo Reggie, con los ojos muy abiertos.

—Eso parece.

—¿Sigues sin querer contar al resto del equipo de lo que nos enteramos en el libro? —preguntó.

Alfie se quedó pensando.

—Creo que Rolabi ya lo tiene previsto.

—¿Así que también habla dentro de tu cabeza?

—*Sip*.

—Qué alivio —repuso Reggie.

El equipo se reunió delante de Rolabi, que los contempló a todos.

—Hasta ahora, tres de vosotros habéis atrapado el globo —dijo Rolabi, para sorpresa de Alfie—. Puedo ver algunos cambios. El resto debe permanecer vigilante. Tenéis que estar preparados para cuando llegue el momento

Alfie se preguntó quién sería el tercer jugador. Debía de ser Rain.

—Hoy nos centraremos en el ataque colectivo. Habéis trabajado en los pases y en la visión de juego. Habéis trabajado los tiros. Pero esto no es un juego de uno. Es un juego de muchos. Ni siquiera los mejores jugadores pueden ganar solos.

Rolabi alzó la mirada y Alfie la siguió. Se quedó intrigado.

A los paneles de luces fluorescentes les habían quitado el polvo; las vigas, otrora decrépitas, estaban cubiertas de una capa fresca de pintura. Fairwood tenía mejor aspecto cada día. Alfie sabía que no había un superencargado. Ni ningún equipo secreto de mantenimiento. Parecía absurdo, pero Fairwood se estaba limpiando «a sí mismo».

En aquellos días, había visto mucha grana, por supuesto, pero esto era distinto: concreto y permanente. Estaba claro que la grana no solo era capaz de organizar visiones y extraños ejercicios. Podía producir cambios auténticos.

Esa parte no estaba en el libro.

—Es bueno reconocer quién nos está defendiendo todo el tiempo —dijo Rolabi, aún mirando hacia las luces—. Usar las ventajas de tamaño y velocidad cuando existan. Sin embargo, antes de eso, hemos de entender lo que significa atacar como equipo. Así eliminamos esas ventajas y creamos buenas defensas.

En cuanto dijo esto, la mitad de las luces del techo se apagaron. Las que seguían encendidas brillaron. Alfie entrecerró los ojos ante el resplandor. Solo las luces que miraban hacia el equipo siguieron encendidas, como si estuvieran en un escenario.

—Aprenderemos a atacar como un solo hombre —siguió diciendo Rolabi—. Sin embargo, primero, necesitamos defensores.

De pronto, Alfie tuvo la sensación de que lo estaban observando desde atrás. Era como si le pasaran una pluma por la nuca. Se tensó: ¿qué ocurriría esta vez?

Rain lanzó un grito de advertencia. Alfie se giró en redondo. Vio una de las imágenes más terroríficas que había visto nunca. Su sombra estaba de pie. Parecía estar despertando de un largo sueño, estirando los miembros y saltando en el sitio. La forma era una perfecta réplica tridimensional de sí mismo: alta y delgada. Estaba flanqueada por todo un equipo de amenazadoras sombras de jugadores. Alfie se quedó sin habla.

—Mamita —susurró A-Wall.

—Os presento a los defensores de hoy —dijo Rolabi—. Deberíais conocerlos bien.

La sombra de Alfie extendió la mano. El chico miró hacia abajo, desconcertado, pero no quiso ser descortés. No muy convencido, extendió la mano.

—Encantado de…, eh…, conocerte, Alfie Sombra.

Alfie Sombra le estrechó la mano. Parecía flácida y débil…, exactamente como la suya, pero helada. Todo era un reflejo de él: la postura, la energía nerviosa. Alfie Sombra siguió calentando.

—A sus puestos, defensores —dijo Rolabi.

Cinco sombras trotaron hasta la canasta y formaron una zona abierta, mientras el resto corrieron a la línea lateral a esperar, chocando las manos unas con otras. Nunca había visto nada tan raro.

—Creo que es obvio quién os defenderá a cada uno —continuó Rolabi—. Pero no va a ser un *scrimmage*. Nos limitaremos a trabajar nuestro ataque. Iréis sustituyéndoos a medida que avancemos. Empecemos como de costumbre. Titulares, adelante.

«Supongo que ese soy yo», pensó Alfie, nervioso.

—Alineaos —dijo Peño.

Mientras Alfie se dirigía al poste, su sombra duplicó cada uno de sus pasos con un brazo extendido para tratar de sacarle ventaja. El equipo hizo circular la bola, pero no pudo encontrar una posición abierta de tiro. Hasta Rain estaba atascado. Finalmente, Alfie cogió un pase por debajo, se volvió para tirar, pero su propia sombra se lo impidió.

—Gracias —dijo—. Mi propia sombra me está haciendo parecer un idiota.

Alfie Sombra le dio una palmada de consuelo en la espalda.

—Cambiad —dijo Rolabi.

Los jugadores del banquillo tampoco pudieron avanzar. Ambos equipos jugaron contra las sombras, haciendo turnos durante casi una hora. Anotaron muy pocos puntos.

Alfie siempre se había apoyado en el hecho de ser más alto que su defensor. Ahora, sin esa ventaja, estaba perdido. Todos lo estaban.

—Tomaos un descanso —dijo Rolabi, cuando el equipo de sombras les robó un pase más.

Alfie Sombra se golpeó la muñeca como si llevara un reloj.

—Supongo que no te cansas, ¿eh?

Alfie Sombra negó con la cabeza y luego empezó a hacer una serie de *jumping jacks* para demostrarlo.

—Qué sobrado —murmuró Alfie.

Tragó algo de agua, sintiendo que unas gotas salpicaban su ya empapada camiseta.

—Nuestras sombras nos están pateando el culo —dijo Reggie, terminándose su botella.

—Ya lo sé. No estamos quedando muy bien.

Reggie se rio.

—Ya.

Alfie escuchó de nuevo las conversaciones. Peño estaba respondiendo una pregunta.

—Bueno, tenemos que pasarnos el balón unos a otros y eso…

—El jugador más experto del mundo, y solo él, tendrá siempre una ventaja. Los demás tienen que crearse ventajas para sí mismos. Y eso solo puede hacerse con ayuda del equipo.

—Pero… —dijo Peño.

—Si defendemos como un equipo, atacamos como un equipo. Hablamos. Planeamos. Vemos el suelo.

—Pero… —insistió Peño.

—Atacamos como un solo hombre. Y eso empieza con un simple foco. A vuestros puestos, por favor.

Alfie dio una carrerita hasta la zona y extendió los brazos para pedir el balón, tratando de mantener su posición. No dejaba de echar vistazos a una cabeza sin rostro que había sobre su hombro, cosa que le estremecía.

Pronto, la cosa fue a peor.

Las luces que quedaban empezaron a disminuir. A medida que palidecía, Alfie Sombra creció, mientras que él se alejaba del aro a medida que la sombra se hacía más fuerte. Sus compañeros de equipo empezaron a sumergirse en las sombras que tenía a su alrededor, hasta que tuvo que empezar a guiñar los ojos. No le gustaba adónde conducía aquello.

—Peño, pásale la bola a Rain —dijo Rolabi.

Peño dudó.

—Apenas puedo verlo. ¿Podemos encender algunas luces?

—Eso es lo que esperamos. Pasa la bola.

Peño suspiró y se la pasó a Rain. En cuanto este la cogió, la oscuridad disminuyó, pero solo para Rain. Era como si hubieran encendido un foco encima de él. Su defensor retrocedió. Cuando Rain conservó el balón, claramente dudando de cómo atacar, el foco volvió a ser menos potente.

—¡Twig! —dijo Rain.

Fingió un pase picado y luego lanzó en arco hasta la zona. Alfie cogió la bola, luchando por mantener a raya a su sombra. En cuanto cogió el balón, el foco blanco cayó sobre él.

Mientras sostenía la pelota, las luces empezaron a disminuir otra vez. De pronto, comprendió.

—El pase —dijo Twig—. Nos ilumina.

Rolabi asintió.

—Las opciones iluminan la cancha. Cuando todo el mundo se mueve, la oscuridad se va.

«Opciones», pensó Alfie. Eso era una cosa completamente distinta.

Rain corrió hasta la esquina, deshaciéndose de su defensor. Aunque no tenía el balón, un foco cayó sobre él inmediatamente. Alfie le pasó la bola. Rain empezó a driblar. El foco se apagó. Peño cortó hacia el balón y quedó repentinamente iluminado.

«Tienes que estar disponible. Si te abres, tú también te iluminas», se dijo Alfie.

Alfie se movió para bloquear y luego avanzó. Una luz brillante cayó sobre él.

No había otra posibilidad: o te movías, o las sombras te tragaban. Alfie hizo numerosos bloqueos, atrapó pases y dio buenos pases. Cuando estaba fuera del juego, buscaba modos de entrar.

En un momento dado, Alfie consiguió un pase en el poste bajo. Vio un resplandor de luz cegadora cuando Rain cortó por detrás de él. Eso significaba que Rain era la mejor opción para dar el pase. Lanzó sin mirar, por la espalda. Rain anotó fácilmente.

—Buen pase, Twig —dijo Rain, aparentemente sorprendido.

Twig se ruborizó. Rain «nunca» le había dicho algo agradable.

—Otra vez —insistió Rolabi.

Alfie pronto estuvo empapado de sudor, pero, una vez más, disfrutaba de aquel ejercicio.

No solo formaba parte del ataque; también era «imprescindible». El balón estaba llegando constantemente al poste bajo. Antes de darse cuenta, daba pases picados, hacía fintas de tiros e incluso invertía el juego de lado a lado. Su sombra era un defensor tenaz, pero no podía competir con las claras opciones de su ataque. A medida que continuó el ejercicio, la ventaja cambió. Los atacantes anotaban cada vez más. Aunque estaba cansado, Alfie estaba alerta.

Estaba siendo «útil».

Asistió a Rain para que este anotara una bandeja fácil.

Finalmente, Rolabi entró de nuevo en la cancha.

—Es suficiente por hoy —dijo—. Sentaos y observad. —Sacó la margarita de su maletín y la dejó en el suelo, mirando a las sombras—. Gracias, caballeros.

Las luces parpadearon y las sombras se desvanecieron inmediatamente. Alfie se sentó delante de la margarita, estirando las piernas. Estaba agotado y dolorido, pero sonreía.

—¿Qué habéis visto durante el ejercicio? —preguntó Rolabi.

—Movimiento —dijo Reggie.

—¿Y?

—Un equipo —dijo Alfie, orgulloso.

Le gustó cómo sonaba aquello. Mucho.

—Sí. Somos un equipo por ambos lados. Si usáis el «ataque del foco», seréis más efectivos.

El profesor se quedó callado. Alfie dejó que su mente se concentrara en la flor. Observó las hojas y los pétalos. No vio ningún movimiento, como de costumbre. El tictac del reloj pareció hacerse más lento.

No se movió. De hecho, le gustó aquella quietud. Sin embargo, Alfie pronto se dio cuenta de que en la sala reinaba un extraño silencio. No había sonidos de roce, ni siquiera respiraciones. Levantó la vista y se dio cuenta de por qué: el globo había vuelto.

Supo que no había vuelto por él.

Había encontrado su habitación oscura. Ahora les tocaba a otros coger el globo.

—Ya estamos otra vez —susurró Lab.

El equipo se lanzó a por él, aunque tres permanecieron sentados: Alfie, Devon y Jerome. Intercambiaron un movimiento de cabeza. Alfie se preguntaba qué habrían encontrado en sus habitaciones oscuras. Por primera vez, se dio cuenta de que «todos» tenían miedo a algo. Parecía evidente, pero, de algún modo, Alfie casi había asumido que él era el único cobarde. El único que tenía que luchar.

Finalmente, tras un movimiento hábil, Rain atrapó el globo y desapareció. Alfie se preguntó qué encontraría. Sin duda, Rain no debía de tener miedo de muchas cosas. Su vida era perfecta.

Todo el mundo libra sus propias batallas. Si deseas las circunstancias de otros, corres un riesgo.

«Pero ¿no lo tienen peor unas personas que otras?», pensó Alfie.

No hay más escala que la de uno mismo.

Rolabi se marchó, pero sus palabras permanecieron. Alfie pensó en la temporada anterior. Se había pasado tanto tiempo suponiendo que era el único que tenía problemas que nunca les había preguntado a los demás por los suyos. Nunca trató de ayudar. Reggie y sus padres desaparecidos. John el Grande y sus dos trabajos.

¿Qué más estaría mirándolo, suplicando ser visto?

Y esa es la pregunta que todo líder debe preguntarse a sí mismo.

LA PRIMERA PIEDRA

Nadie gana solo.
Los que lo olvidan no ganan.

◆ PROVERBIO ⑨ WIZENARD ◆

$\mathcal{A}$ la mañana siguiente, Reggie y Alfie estaban sentados en el banquillo más alejado. Ya habían estado practicando tiros y habían vuelto a beber agua. Alfie, de una botella comprada en una tienda; Reggie, de una vieja, rellenada, con la etiqueta ya gastada. Bebieron largos tragos y se quedaron sentados en silencio.

El resto del equipo estaba calentando.

—¿Puedo preguntarte algo, Alfie? —dijo Reggie.

—Claro.

—¿Qué viste? ¿En… ese sitio?

Alfie lo miró. Reggie había hablado muy poco durante el calentamiento, cosa que no era nueva, pero hoy parecía distinto. Tenía las manos cruzadas en el regazo y miraba a algo muy lejano. Parecía tener los ojos hinchados. Había estado llorando.

—Atrapaste el globo.

—Esta mañana —respondió Reggie—. Cuando estaba solo.

Alfie hizo una pausa. No estaba preparado para contar detalles. No estaba seguro de llegar a estarlo nunca, pero esa no era la cuestión. Si estaba en lo cierto, Reggie se había encontrado con lo mismo.

—Vi mis miedos —dijo finalmente—. Tuve que enfrentarme a ellos.

Reggie asintió lentamente.

—¿Y... había gente allí?

—Sí —respondió Alfie—. Uno, al menos. ¿Y tú?

Los ojos de Reggie brillaban. Una lágrima le cayó por la mejilla. No se la limpió.

—Me hubiera gustado quedarme allí —susurró.

Así que «los» había visto. Alfie no podía imaginar el dolor que eso podría causarle: ver a sus padres, oír sus voces y luego tener que decirles adiós una vez más. Su padre era duro y difícil, pero estaba allí. Sintió una fuerte punzada de simpatía. Y de lástima.

Nadie necesita lástima. Necesitan comprensión.

—¿Estás seguro de que no estás allí ya? —preguntó Alfie—. Yo estaba viviendo en el mío.

Reggie cerró un momento los ojos, como si se los estuviera imaginando de nuevo.

—Probablemente tengas razón —dijo—. Supongo... que no quería admitir la verdad.

—Yo tampoco. Quizá nadie lo hace.

Reggie se limpió los ojos.

—¿Crees que están ahí arriba? —preguntó—. ¿Mirándonos?

—Estoy seguro.

Reggie extendió un puño y Alfie lo golpeó: nudillos contra nudillos.

—Hermano —dijo Reggie, sonriendo a través de las lágrimas.

—Hermano —contestó Alfie.

Reggie rio y se levantó, negando con la cabeza.

—Me matas, Twig.

Oyeron el resonar de unos zapatos: Rolabi entró en la cancha.

—Nos quedan dos días de nuestro campamento de entrenamiento. Y dos chicos aún no han atrapado el globo

Alfie miró a su alrededor, preguntándose quién tendría que atraparlo aún. Miró a John el Grande: ¿cuál sería su habitación oscura? Parpadeó cuando vio que Rolabi se daba la vuelta y se dirigía hacia las puertas.

—¿Hoy no entrenamos? —preguntó Peño.

—Oh, sí —repuso Rolabi, dirigiéndose a las puertas de entrada—. Pero no me necesitáis.

—¿Qué tenemos que hacer? —preguntó Rain.

—Lo dejo en vuestras manos.

Caminó hacia el viento huracanado y desapareció. Las puertas se cerraron de nuevo tras él, pero esta vez desaparecieron completamente. En su lugar, aparecieron bloques de cemento amarillento.

La única manera de entrar... o de salir de Fairwood había desaparecido.

—Genial —murmuró Peño—. Supongo que quiere asegurarse de que no nos vamos demasiado pronto.

—No estaría tan seguro —dijo Twig dudoso.

Un profundo temblor sacudió el gimnasio. Era como si hubieran puesto en marcha un viejo motor. Alfie pensó en las arterias plateadas que recorrían los suelos y el techo. El corazón latiendo. Si el gimnasio estuviera realmente vivo..., ¿podría moverse?

Las paredes que flanqueaban la cancha empezaron a avanzar hacia delante, cerrándose.

—Es imposible —murmuró Vin.

—La posibilidad es subjetiva —se burló Lab—. ¿Alguna idea?

Alfie se quedó boquiabierto. Atónito, vio cómo se acercaban las paredes, empujando las gradas, las puertas del vestuario y todo lo que encontraban a su paso con una fuerza lenta e imparable. Trató de pensar. Sin duda, era una prueba, pero... ¿de qué? ¿Quería comprobar si les entraba el pánico?

Si era eso, pronto fracasaron. Rain empezó a golpear las paredes. Vin agarró su pelota y trató de encestar. El equipo se unió a él, anotando bandejas, tiros libres y triples, pero nada funcionaba. Las paredes se acercaban con la lenta inexorabilidad de una marea. Alfie trató de no pensar en el aplastamiento, pero, claro, era lo único en lo que podía pensar. Cómo evitarlo.

Hicieron de todo: juego de equipo en fase ofensiva y defensiva, lanzamientos, pases y hasta ejercicios de cardio.

¿Qué más había en el baloncesto?

De pronto, Devon corrió hasta una de las enormes gradas de acero y empezó a tirar de un extremo.

—¡Ayuda! —pidió Devon.

Todos se acercaron y empezaron a arrancar las enormes estructuras de la pared. Aquello debía de pesar tres toneladas. Hicieron falta todos para moverlas. Alfie sentía cómo sus músculos tiraban y se tensaban hasta que todo su cuerpo le ardió. Se dio la vuelta y vio que se esforzaba hombro con hombro con John el Grande, empujando un extremo hacia delante.

—¡Volvedla de lado! —gritó Rain—. A la de tres. Uno..., dos..., ¡tirad!

Movieron las gradas. A cada lado, solo quedaron unos pocos centímetros. Las paredes seguían avanzando y todos esperaban en silencio, mordiéndose las uñas, susurrando plegarias o, simplemente, viendo cómo se acercaban.

Con un espantoso crujido, las paredes llegaron hasta las gradas. Ni siquiera detuvieron su avance. El centro de las gradas de acero empezó a alzarse formando un arco, sin dejar de chirriar.

—¡Vamos a intentarlo con los banquillos! —dijo Alfie desesperado.

Mientras lo decía, sabía que sería inútil. Aun así, tenía la sensación de que debía hacer algo. Rain y él recolocaron los bancos de madera, pero parecían palillos de dientes colocados para sujetar un torno gigante. Las gradas seguían doblándose, y eso que eran mucho más sólidas y robustas que los bancos.

—¡Rolabi! —gritó Peño, golpeando las paredes—. ¡Ayúdenos! ¡Que venga alguien!

Vin trataba de llamar por su móvil, pero lo arrojó al suelo, frustrado.

—¡No hay cobertura!

Alfie pensó en sus padres. Pensar en que tal vez no volvería a verlos le ponía enfermo. A pesar de todas sus charlas y sus duras palabras, su padre era protector. Alfie era hijo único. Era la primera persona a la que su padre buscaba cuando volvía a casa del trabajo. Su padre siempre estaba dispuesto a llevarlo de compras, a entrenar con él o a ver partidos juntos. Y su madre ni siquiera quería que hubiera ido al gimnasio.

Le preocupaba que supusiera demasiada presión. Le había dicho que podía quedarse en casa. ¿Cómo les explicaría la policía... «aquello»? Se quedarían destrozados. ¿Qué harían?

—¡Mirad! —gritó alguien.

Alfie giró en redondo, buscando una puerta oculta. En lugar de ello, flotando en las alturas, estaba el globo. Las paredes ya habían llegado a la cancha. Al cabo de unos minutos, el equipo quedaría aplastado entre ellas. El globo no podría salvarlos. O... no a todos. Pero podría salvar a uno.

—¡Alguien puede salir de aquí! —dijo Twig—. Desaparecisteis, ¿os acordáis?

—Solo los que no han atrapado aún el globo —dijo Reggie—. Solo funcionará para ellos.

Lab y Peño se miraron. Twig supo que ellos eran los que quedaban.

—¡Subid a las gradas! —gritó Lab.

Todos empezaron a trepar. Era difícil, con el metal doblado, pero pronto consiguieron alcanzar el arco que había en el centro. Alfie se puso de pie y estiró la mano, pero el globo estaba aún muy lejos. No había forma de que alguien pudiera alcanzarlo, ni siquiera él, ni siquiera desde allí. Lab y Peño no tenían la menor oportunidad. Alfie se vino abajo. Todo había acabado. El globo había sido su última oportunidad.

Sin embargo, Devon no estaba dispuesto a rendirse. Se puso a cuatro patas, abriéndose paso con manos y pies por los bancos que se doblaban y creando una superficie relativamente plana con la espalda.

—¡Vamos! —gritó, con su voz profunda haciéndose oír por encima del ruido—. ¡Formad una pirámide!

A Alfie ni se le había ocurrido. Se dejó caer junto a Devon. A-Wall, John el Grande y Reggie hicieron lo mismo. Formaron una base sólida. Rain, Jerome y Vin subieron a sus espaldas, construyendo un segundo nivel. La pirámide entera vaciló, pero Alfie apretó los dientes y aguantó con la fuerza que le quedaba. Finalmente, Lab y Peño treparon a lo más alto, clavando las zapatillas en la espalda de sus compañeros y luchando por permanecer en equilibrio. Alfie sofocó un grito cuando el peso aumentó.

Sabía que el resto de la pirámide (y él mismo) podían estar condenados. Sin embargo, de algún modo, aquella parecía ser la decisión correcta. Si podían salvar aunque solo fuera a un miembro del equipo, tenían que intentarlo.

En el espejo había visto a un cobarde. Pero allí estaba, sacrificándose a sí mismo.

Y no se sentía triste en absoluto.

En la base de la pirámide, la sensación era extraña: silencio. Alfie sentía un extraño entumecimiento. Calma, quizá. Las paredes seguían acercándose.

—¡Rápido! —gritó Rain—. ¡Cogedlo!

Las paredes casi se habían unido. Alfie cerró los ojos.

—¡Uno…, dos…, tres! —La voz de Peño sonó de pronto por encima del ruido.

Alfie oyó gritar de dolor a alguien. Abrió los ojos justo cuando las paredes se detuvieron y empezaron a retroceder por donde habían venido, dejando ver montones de escombros aplastados a su paso.

—¡Badgers! —gritó Peño desde lo alto del montón.

De pronto, todos los chicos vitoreaban y gritaban como locos.

—¡Badgers! —gritó Alfie.

Los chicos se bajaron de su espalda, apoyándose en manos y rodillas, y tirando de los demás para ayudarlos a levantarse. Él miró a su alrededor y se dio cuenta de que Lab había cogido el globo. Debería haber sabido que Peño nunca se iría sin él.

Pronto, todos estaban abrazándose, riendo y chocando las manos. Nadie se molestaba en esconder sus lágrimas. A medida que las paredes volvían a su lugar, las gradas se estiraron y el equipo bajó de ellas fácilmente. Los aros arrugados se unieron a una lluvia de cristales para formar de nuevo las canastas. Mientras, los bancos astillados se reconstruyeron en una bonita mezcla de pulpa de madera, clavos y barniz. Los banderines se unieron y quedaron colgados en perfecto orden. Pronto todo estuvo en su sitio, incluso las puertas delanteras. Pero todo era nuevo, reconstruido. Alfie sintió que pertenecía a aquel Fairwood.

Alfie se volvió hacia Devon.

—Nos has salvado.

Devon sonrió tímidamente.

—Solo estaba haciendo lo que pensé que era mejor.

—No —dijo Alfie—. Mantuviste la cabeza fría. Sabías que tal vez no sobrevivirías, pero lo hiciste de todos modos. Eso requiere mucho valor, tío. Tenemos suerte de que estés con nosotros.

Devon lo miró, mordiéndose el labio. Luego asintió y volvió la cabeza.

Has abierto una puerta para otro. Sigue trabajando. Tienes que hacer que todos estén preparados.

«¿Para qué? —pensó Alfie, frunciendo el ceño—. El campamento de entrenamiento casi se ha acabado.»

Ahora se acerca el auténtico partido.

EL ESPEJO ROTO

Estamos hechos de un millón de preguntas
que solo una persona puede responder.

PROVERBIO ⟨47⟩ WIZENARD

$\mathcal{A}$lfie miró por la ventanilla del pasajero. Ese día, el cielo estaba cubierto; era el último día del campamento de entrenamiento. En parte nubes y en parte contaminación. La luz del sol se filtraba casi marrón y no había ni una pizca de viento.

El padre de Alfie lo miró.

—Estás muy callado últimamente.

—Supongo.

—¿Pasa algo? Has estado muy callado desde que empezó el campamento.

Frenaron y aparcaron delante de las puertas de Fairwood.

Alfie hizo una pausa.

—Es solo que me siento diferente, creo.

—¿Diferente para bien?

—Sí —respondió Alfie—. Creo que va a ser un buen año.

—Hmmm… —dijo su padre—. Bueno, tienes que ir e imponerte al equipo…

—Ya lo he entendido —le cortó Alfie, saliendo del coche—. Te veo esta noche.

Cerró la puerta del coche y se dirigió a Fairwood, sonriendo. Reggie estaba esperando dentro, como siempre, con las zapatillas puestas, sentado solo en el banco más alejado, mirando hacia la cancha. Alfie se dejó caer en el banquillo junto a él.

—¿Qué pasa, tío? —dijo Reggie, chocando los puños con él.

—Listo para jugar.

—Sí —dijo Reggie—. Yo también. He estado pensando. ¿Para qué crees que es todo esto?

—¿Qué?

Reggie señaló hacia el gimnasio.

—Todo. Que haya venido Rolabi. ¿Por qué nosotros? ¿Por qué los Badgers?

Alfie se puso sus zapatillas, reflexionando. También se lo había planteado, claro. Había vuelto a hojear el libro y se había dado cuenta de que había pasado por alto una de las frases principales.

Miró a Reggie, sacó el libro y lo abrió por la página

correspondiente. Había un dibujo de una mujer, alta y hermosa, con una bolsa de cuero a su lado. Estaba caminando sobre fuego.

—Léelo —murmuró Alfie.

Reggie cogió el libro.

—«Los *wizenards* suelen ir donde la necesidad es mayor y donde ya es tarde.» —Frunció el ceño—. Al parecer, me perdí esta parte. No suena muy prometedor.

—No.

Reggie pasó los dedos por el dibujo.

—¿Así que crees que va a pasar algo malo?

—El resto del libro parece bastante… acertado —dijo Twig—. Rolabi dijo algo…

—«Ahora se acerca el verdadero partido» —murmuró Reggie.

Twig se rio.

—Sí, creo que nos han dado la misma charla.

Reggie le devolvió el libro, comprobó la puerta y se inclinó hacia delante, bajando la voz.

—Hay una razón por la que nunca hemos oído hablar de la grana antes de que Rolabi viniese aquí —susurró.

—¿Qué quieres decir?

—¿Quién crees que se deshizo de todos los *wizenards* en Dren? —preguntó Reggie.

El resto del equipo estaba llegando, pero se estaban

vistiendo e ignoraron a los chicos del banquillo más alejado. En aquel lado del gimnasio, había silencio. Alfie sintió que se le ponía la piel de gallina. Se inclinó también hacia delante.

—¿El presidente Talin?

—Mis padres me dejaron algo —dijo Reggie en voz baja—. Creo que sé lo que va a pasar.

Alfie se acercó más. De pronto, las puertas del gimnasio se abrieron de par en par dejando pasar la familiar ráfaga de aire helado. Reggie y Alfie cayeron hacia atrás, tirando el banco al suelo. Alfie se quedó allí tirado, atontado. Luego empezó a reír, a su pesar. Reggie se unió a él y los dos se enderezaron y pusieron el banco en su sitio.

—¿Estáis bien, chicos? —preguntó Peño, alzando una ceja.

—Sí —dijo Alfie—. Perfectamente.

Miró a Reggie, pero este se limitó a hacer un gesto que significaba: «En otra ocasión». Alfie asintió y ambos cogieron sus balones para ir a calentar. Alfie lanzó algunos triples. Practicó cortando desde el lateral. Trabajó los movimientos junto al poste bajo y los tiros a tablero. Alfie marcó a Reggie en el perímetro y practicaron entre sí los pases. Sudaron, se rieron y se animaron mutuamente.

Rolabi apareció a las nueve en punto y los llamó al centro de la cancha. Parecía el mismo de siempre: el mismo traje, la misma pajarita, el mismo reloj de bolsillo. Sus ojos verde esmeralda relucían.

—Todos menos uno habéis atrapado el globo —dijo—. ¿Por qué?

—¿Porque… nos dijo que lo hiciéramos? —dijo Vin, no muy seguro.

—Pero ¿por qué? ¿Qué descubristeis?

—Nuestros miedos —respondió Reggie, que estaba junto a Alfie.

Alfie asintió. A él nunca se le hubiera ocurrido buscar sus miedos. Había asumido que eran evidentes, que estaban allí mismo junto a él, todos los días; una inevitable reacción a los problemas externos que no podía controlar. Pero eran más profundos. Eran puertas que había mantenido cerradas, lugares que había evitado.

Sin ni siquiera darse cuenta, habían dado forma a su vida.

—Si una cosa os detiene en la vida, es eso —dijo Rolabi—. Para ganar, debemos vencer nuestros miedos. En el baloncesto. En todo.

—Pero… lo hicimos, ¿verdad? —preguntó John el Grande.

—Al miedo no se le vence tan fácilmente —repuso Rolabi—. Volverá. Debéis estar preparados.

Abrió su bolsa y metió la mano dentro.

—Hoy repasaremos lo que hemos aprendido hasta ahora.

Alfie oyó un ruido como si alguien rascara y volvió a la puerta del vestuario.

—Twig, conoces el ejercicio.

Alfie corrió hacia la puerta y dejó salir a Kallo, que se detuvo un momento para que él pudiera darle una rascadita afectuosa en el cuello. Rolabi empezó a colocar un circuito de obstáculos, más elaborado incluso que el anterior. Las luces parpadearon, la mitad de ellas se apagaron y el equipo de sombras emergió del suelo.

—Alfie Sombra —dijo Alfie, saludando con la cabeza.

La sombra le dio una palmada en el hombro y fue a agruparse con los defensores.

Con esto, empezaron el ejercicio. O, para ser más exactos, los ejercicios. Alfie tuvo que luchar para pasar junto a su sombra una y otra vez. Fue interceptado por Kallo. Subió por suelos empinados, se deslizó por otros, saltó terrones de tierra, subió innumerables escalones, perdió la mano y erró innumerables tiros y pases.

Aun así, siguió insistiendo hasta que cada una de sus prendas de ropa estuvo empapada de sudor.

En la quinta vuelta corriendo, llegó a la vertical del aro. Hasta ese momento, había fallado todas las veces. Su mano derecha, la dominante, había desaparecido otra vez. Así pues, tenía que intentarlo con la izquierda.

Inspiró profundamente.

El aro desapareció. En su lugar, apareció un espejo gigante. Twig contempló su reflejo, que, como antes, empezó a cambiar. Apareció su padre. De súbito, la imagen volvió a deformarse y Twig observó la versión mayor de sí mismo: desolado y sin esperanza. Era el futuro que había temido. El secreto de su habitación oscura… era que se iba a convertir en su padre. Que nunca estaría satisfecho consigo mismo.

El gimnasio quedó en silencio. Estaban solos él y su reflejo.

No oyó nada más mientras miraba aquellos descoloridos ojos castaños. Luego tiró la pelota, que rompió el espejo en un millón de trozos. Los fragmentos cubrieron el suelo y se derritieron. Solo quedaban el aro y el balón. Twig lo recogió y siguió corriendo.

Solo hay una persona que pueda reconstruir ese espejo. Date tiempo.

Cuando el ejercicio finalizó, las sombras se desvanecieron en un destello de luz. Kallo volvió a entrar en el vestuario. Alfie cogió una botella de agua y bebió mientras el equipo se reunía alrededor de Rolabi.

—¿Hemos acabado? —preguntó Jerome.

—Una cosa más.

A-Wall resopló.

—No volverán a intentar aplastarnos las paredes, ¿no?

—¿Crees que lo habrían hecho? —dijo Alfie, mirándolo.

—Desde luego, tenía toda la pinta —contestó Vin.

—Yo no lo creo. Me parece que Fairwood está agradecido con nosotros por el trabajo tan duro que hemos hecho —dijo Alfie.

El resto del equipo se volvió hacia él. Parecían intrigados.

—¿Está hablando del edificio como si fuera una persona… o es cosa mía? —preguntó Jerome.

—No, lo está haciendo —dijo Vin—. ¿De qué estás hablando, Twig?

Alfie miró a Rolabi.

Adelante.

—Estoy seguro de que os habéis dado cuenta de los cambios que han tenido lugar aquí —respondió Alfie, señalando con la mano hacia el gimnasio.

—¿Y? —dijo Jerome.

—Bueno, esto lo hemos hecho nosotros —repuso Alfie.

—A Twig se le ha ido la olla —murmuró John el Grande—. Si es que alguna vez ha tenido la cabeza en su sitio…

—¿Qué quieres decir con eso de que lo hemos hecho nosotros? —preguntó A-Wall—. Yo no he hecho nada.

—Claro que sí —dijo Alfie—. El sudor. ¿Nadie se ha dado cuenta de que pasaba algo raro con él?

—¿Lo de… que el suelo lo chupara? —preguntó Reggie—. Sí…, lo he visto.

—Exactamente —dijo Alfie, que asintió con entusiasmo—. Eso fue el primer día. Los suelos lo chupaban como si fuera una esponja. Al día siguiente, los banderines estaban bien colgados. Y cada día, todo estaba mejor.

La noche anterior había acabado por juntar todas las piezas. Rolabi había dicho que el sudor podía producir grandes cambios.

Resultó que, por una vez, estaba siendo literal. Fairwood estaba absorbiendo su sudor, usándolo para bombear su gran corazón y devolver la vida a aquel viejo edificio.

Durante todo ese tiempo, lo que había necesitado era simplemente «trabajo».

—Así que el edificio está vivo… —dijo Reggie.

Alfie sonrió.

—No lo sé. Intentó comernos.

Todos lo miraron.

Se preguntó si se burlarían de él, o si le dirían que estaba loco, o si seguirían ignorándolo. Entonces Vin rompió a reír. Reggie y Jerome se unieron a él. Pronto, todos estaban riendo.

Impresionado, Alfie se dio cuenta de que John el Grande también sonreía.

—Twig está bromeando —dijo Peño, moviendo la cabeza—. ¿Qué va a ser lo siguiente?

Empezó a rimar:

El campamento casi ha acabado,
seguro que correr no ha terminado.
Conseguiremos una banderola.
Seremos campeones, nos harán la ola.
Peño quieren que lo vitoreen,
no se cansa de que lo mareen.
Buscaba rimas con «equipo»,
pero no encontraba palabras de su tipo.
El balón va por cuestas y rampas,
no es cuestión de que hagamos trampas.
No queremos perder más,
es tiempo de ganar.

Todos se echaron a reír y cubrieron de palmadas a Peño. Alfie se unió a ellos cuando empezaron a saltar a su alrededor y a vitorear. John el Grande chocó con Alfie y lo hizo retroceder. Pero cuando Alfie estaba a punto de caer, John el Grande lo agarró por la camiseta y lo sujetó. Se miraron el uno al otro un instante. Entonces, John el Grande le soltó la camiseta y sonrió.

—Sigo queriendo estar en el equipo titular, Alfie —dijo.

Alfie sonrió.

—No esperaría menos. Y puedes llamarme Twig. Al fin y al cabo, todos los Badgers del West Bottom necesitan un apodo.

John el Grande sonrió.

—Me parece justo, Twig.

Rolabi recogió su maletín de médico y se dirigió a las puertas.

—Creí que había dicho que aún teníamos que solucionar un misterio —le gritó Rain.

—Así es —respondió Rolabi—. Uno por cada uno de vosotros. Y, por cierto, bienvenidos a los Badgers.

Se oyeron más hurras mientras el hombre desaparecía hacia la luz del sol. Las puertas se cerraron suavemente a su espalda. Todos se pusieron a hablar de distintas cosas. Twig se fue hacia el banquillo con Reggie.

—¿De verdad crees que vamos a poner un banderín de campeones ahí arriba? —preguntó.

Twig se encogió de hombros.

—Al parecer, todo es posible.

Se sentaron juntos, mirando hacia la cancha, escuchando las risas.

—Menuda temporada nos espera —dijo Twig.

—Sí, tío. Quién sabe lo que está por venir —asintió Reggie.

—Bueno, tenemos que estar preparados.

Reggie lo miró.

—No eres el mismo Twig que empezó el campamento, ¿verdad?

—Bueno, lo que pasa es que me han crecido algunas raíces —dijo Twig, que sonrió.

Reggie rio y negó con la cabeza.

—¿Sabes cuál es tu misterio?

Twig frunció el ceño.

—La verdad es que no.

Pensó en ello mientras se quitaba las zapatillas. Las lanzó a su bolsa. Le extrañó encontrarse aquel papelito del tamaño de una tarjeta. En él, vio unas palabras escritas en tinta plateada.

¿Cómo domina uno al espejo?

Pensativo, Twig sostuvo la tarjeta durante un momento. Se daba cuenta de que muchos de sus problemas procedían de un espejo; no el espejo físico, sino lo que representaba. La imagen de sí mismo.

Sonrió y volvió a meter la nota en su bolsa.

—Aprendiendo a gustarse a sí mismo —murmuró.

Se dio cuenta de que aquello también era parte de su nombre. Siempre había odiado eso de «Twig», pues pensaba que significaba delgaducho, débil, alguien no querido.

Pero había hecho ciertas conexiones.

Había decidido que significaba que siempre podía crecer.

Terminaron de cambiarse y esperaron a los demás. Parecía que ese día todo el mundo esperaba. Cuando el último jugador, Lab, se puso de pie, todos se unieron a él y se dirigieron en grupo hacia las puertas.

Twig, al salir, vio el rastro de plata sobre el que caminaba y el gran corazón latente de Fairwood.

—¿Vendréis todos el lunes por la noche para el entrenamiento? —preguntó Reggie.

—Ya lo sabes —respondió Lab—. ¿Y tú?

—No me lo perdería por nada del mundo —respondió.

Rain salió el primero. Luego se volvió y sujetó la puerta para que pasaran los demás.

La luz del sol penetró en el local.

Y, por primera vez, los Badgers del West Bottom salieron del gimnasio todos juntos.

ÍNDICE

Kobe Bryant, creador de contenidos audiovisuales y ganador de un Óscar, pasa su tiempo creando historias para inspirar a una nueva generación de atletas. Cinco veces campeón de la NBA, nombrado dos veces MVP de las finales y ganador de dos medallas olímpicas de oro, ahora espera poder compartir todo lo que aprendió con los jóvenes deportistas de todo el mundo.

Wesley King ha escrito ocho novelas. Sus libros han acumulado más de diez premios literarios y la mayoría han sido adquiridos para adaptarlos al cine y a la televisión.

ESTE LIBRO UTILIZA EL TIPO ALDUS, QUE TOMA SU NOMBRE

DEL VANGUARDISTA IMPRESOR DEL RENACIMIENTO

ITALIANO, ALDUS MANUTIUS. HERMANN ZAPF

DISEÑÓ EL TIPO ALDUS PARA LA IMPRENTA

STEMPEL EN 1954, COMO UNA RÉPLICA

MÁS LIGERA Y ELEGANTE DEL

POPULAR TIPO

PALATINO

***

**

*

TRAINING CAMP. EL LIBRO DE TWIG

SE ACABÓ DE IMPRIMIR UN DÍA DE PRIMAVERA DE 2019,

EN LOS TALLERES GRÁFICOS DE LIBERDUPLEX, S.L.U.

CTRA. BV-2249, KM 7,4, POL. IND. TORRENTFONDO

SANT LLORENÇ D'HORTONS (BARCELONA)